Долгая и продолжительная жизнь

(Учебное пособие по медицине образа жизни)

Translated to Russian from the English version of
A Long and Lasting Life

Rhodesia

Ukiyoto Publishing

Все глобальные права на публикацию принадлежат

Ukiyoto Publishing

Опубликовано в 2024 году

Авторское право на содержание © Родезия

ISBN 9789367953808

Все права защищены.
Никакая часть этой публикации не может быть воспроизведена, передана или сохранена в поисковой системе в любой форме любыми средствами, электронными, механическими, копировальными, записывающими или иными, без предварительного разрешения издателя.

Были заявлены личные неимущественные права автора.

Эта книга продается при условии, что она не будет предоставляться во временное пользование, перепродаваться, приниматься напрокат или иным образом распространяться без предварительного согласия издателя в какой-либо форме переплета или обложки, отличной от той, в которой она опубликована.

www.ukiyoto.com

Я посвящаю эту книгу моей матери, которая недавно отпраздновала свой бриллиантовый юбилей, и моим детям, Лиане и Ослогу, с искренней надеждой, что они тоже проживут долгую и продолжительную жизнь. Более того, я посвящаю эту книгу всем людям, которые хотели бы наслаждаться долголетием и постоянно находятся в поиске знаний или формулы его достижения. Превыше всего я посвящаю эту книгу Всевышнему, который один знает продолжительность наших дней на земле еще до нашего рождения.

Всем друзьям и пациентам, с которыми я, возможно, никогда не встречусь, эта книга для вас.

Признание

Большая часть содержания этой книги основана на том, что я узнал во время моего недавнего обучения медицине образа жизни. Я считаю, что эти знания слишком хороши, чтобы ими нельзя было поделиться с более широкой аудиторией, и я выбрал эту книгу, чтобы пропагандировать образ жизни как средство лечения и профилактики хронических заболеваний.

В этой связи я хотел бы выразить признательность нашим наставникам из Филиппинского колледжа медицины образа жизни - доктору Мешель Асеро Пальма, доктору Иден Джусай и доктору Биши Фернан-Ста. Круз. Большое вам спасибо за то, что терпеливо делитесь светом своего фонарика. Моим коллегам и одногруппникам по тренингу, доктору Патрику Тану, тренеру Сидни Нго, тренеру Раги Чиано, доктору Джун Энн Де Вера, доктору Кено Давалесу, доктору Ким Кобаррубиас, доктору Ма. Оливия Огалеско, доктор Настя Рейес, доктор Минни Роуз Эсторк и остальные участники группы - спасибо вам за то, что поделились своими идеями и определили траекторию нашего обучения.

Я также хотел бы выразить признательность издательству Ukiyoto за то, что оно сыграло важную роль в распространении этой книги по всему миру, и Scribblory в лице нашей наставницы мисс Элейн Фактор за терпеливое руководство нами в процессе создания книги. Я также признателен друзьям, с которыми познакомился в рамках проекта "Книга снов", - Нейс, Энджи, Док Эбби, Свете, Ридхиме и Зии, за то, что они поделились своими идеями во время наших учебных занятий.

Я выражаю признательность семье Medgate Philippines, от медицинских работников до руководителей групп и ассистентов врачей, за то, что они стали моей новой семьей, которая воспитывала и поддерживала меня во всех моих увлечениях. Спасибо вам, друзья, наставники, коллеги и семья. Да будет вам дарована долгая, продолжительная, счастливая и изобильная жизнь!

Предисловие

Эта книга призвана стать введением в образ жизни как способ профилактики и лечения заболеваний и в процессе помочь читателям избежать ранней смерти, которую можно предотвратить, и страданий от болезней, связанных с образом жизни. К таким заболеваниям, связанным с образом жизни, относятся ишемическая болезнь сердца, инсульт, сахарный диабет 2 типа и рак, которые поражают современное общество. Как бы ни были распространены подобные заболевания и явления в наших современных условиях, в мире есть места, такие как Окинава, Папуа - Новая Гвинея, сельские районы Китая, Центральная Африка и индейцы тараумара на севере Мексики, где коронарные и цереброваскулярные заболевания встречаются редко.

В своем знаменитом исследовании, проведенном журналистом Даном Бюттнером, он определил определенные районы мира, где наблюдается необычная концентрация людей, доживающих до девяноста лет. Он назвал эти районы "*голубыми зонами*", к которым относятся Сардиния (Италия), Икария (Греция), Окинава (Япония), Никоя (Коста-Рика) и Лома-Линда (Калифорния). На Сардинии они едят пищу, которую добывают охотой, рыбной ловлей и сбором урожая, и остаются близкими друзьями и семьей на протяжении всей своей жизни. Самые низкие показатели заболеваемости деменцией отмечены в Икарии, где преобладают физические упражнения и средиземноморская диета, фрукты и овощи, антиоксидантные травяные чаи из розмарина, шалфея и орегано, а также спокойный образ жизни. На Окинаве они могут развить в себе способность оставлять сложные переживания в прошлом, наслаждаясь простыми радостями настоящего, придерживаясь диеты, богатой овощами, соей, такой как тофу и мисо-суп, и травами, такими как имбирь и куркума. В то время как Карибский регион также отличается экономической безопасностью и отличным здравоохранением, никойцы, как правило, живут с большими семьями, такими как дети или внуки, которые оказывают поддержку пожилым людям и придают им целеустремленность. Рацион питания также состоит из тыквы, кукурузы и фасоли, а также легкого ужина ранним вечером. Наконец, адвентисты седьмого дня в Лома-Линде, Калифорния, в основном вегетарианцы, не курят и не употребляют алкоголь, имеют твердую веру и общину, а также регулярно занимаются спортом. Эти люди, с их довольно простым образом жизни и культурой, на протяжении веков доказывали, насколько эффективен образ жизни для укрепления здоровья и долголетия.

Принципы, представленные в этой книге, довольно просты, в них нет новых химических веществ или процедур, которые нужно было бы использовать, но они были проверены в нескольких *лонгитюдных исследованиях* (исследования, которые кропотливо проводились в течение десятилетий, чтобы увидеть результаты) и *крупномасштабных клинических испытаниях* (исследования, в которых участвовали тысячи людей по всему миру, чтобы доказать эффективность). эффективность в разных культурах и расах). Таким образом, было доказано, что эти методы или образ жизни эффективно продлевают среднюю продолжительность жизни, защищая от болезней, вызванных нездоровым образом жизни. Будет разумно учитывать, что существуют и другие индивидуальные факторы риска, снижающие продолжительность жизни, такие как несчастные случаи, инфекционные заболевания или непредвиденные события, которые не рассматриваются в рамках данной книги.

Наконец, медицина образа жизни - это процветающая область медицины, которая предлагает научно обоснованные методы лечения, которые могут помочь облегчить течение заболеваний, связанных с образом жизни. В то время как пероральные препараты могут помочь контролировать или временно купировать симптомы, здоровый образ жизни обеспечивает устойчивые и долговременные результаты, иногда даже ремиссию гипертонии или диабета. Эта книга предназначена только для того, чтобы познакомить вас с медициной образа жизни, дополнить ее и облегчить ее использование. Это никоим образом не заменяет реальной консультации со специалистом по медицине образа жизни. Читателю предлагается проконсультироваться с врачом по здоровому образу жизни или командой специалистов, которые окажут наилучшую помощь в поддержании здорового образа жизни, профилактике и лечении хронических заболеваний, а также в обеспечении долголетия.

содержание

Глава 1. Доказательства — 1

Глава 2. Вы готовы??? — 7

Глава 3 - 6 столпов медицины образа жизни — 13

Глава 4. Правильное питание — 20

Глава 5. Физическая активность — 27

Глава 6. Восстанавливающий сон — 33

Глава 7. Избегание употребления опасных веществ — 40

Глава 8. Управление стрессом — 46

Глава 9. Позитивная психология — 52

Глава 10 - Заключение — 60

Рекомендации: — 66

Об авторе — *69*

Глава 1. Доказательства

"Глуп тот врач, который презирает знания, накопленные древними". ~ Гиппократ

Каким человеком вы бы предпочли быть? 65-летний мужчина, который продолжает проводить тихие утренние прогулки по парку со своим партнером на всю жизнь, или 65-летний пациент, перенесший инсульт, о котором ваш партнер продолжает заботиться до конца вашей жизни? 75-летний мужчина, который все еще играет и рассказывает истории вашим внукам, наблюдая, как они растут, или 50-летний, который умер от сердечного приступа и не смог помочь вашей дочери получить высшее образование?

Хотя в то время развязка всех наших историй казалась неизбежной, это всего лишь конечный результат ряда решений, которые мы приняли десятилетия назад. Выбирайте, какую еду лучше есть - овощную или свиную грудинку? Выбор между тем, как проводить время - смотреть телевизор весь день или заниматься спортом по 20 минут в день? Реагируете импульсивно и гневно на незначительные проступки или закрываете глаза, дышите и будьте внимательны? Есть ли у вас цель в жизни или вы просто поддаетесь влиянию обстоятельств? Иметь значимые отношения или избегать социальных взаимодействий? Курить или не курить, употреблять алкоголь или нет, пробовать запрещенные препараты или нет. Как гласит пословица, жизнь можно понять только задом наперед, а проживать ее нужно только вперед, но для некоторых осознание этого может быть слишком запоздалым.

Большинство болезней, связанных с образом жизни, проявляются коварно. Гипертония, например, известна как тихий убийца. На ранних стадиях это может протекать бессимптомно, и по мере того, как кровяное давление медленно повышается, кровеносные сосуды, такие как артериолы, затвердевают, вызывая необратимые повреждения различных органов, таких как сердце, глаза и почки, пока однажды кровеносные сосуды в головном мозге больше не смогут выдерживать давление и не взорвутся. событие, называемое инсультом или мозговой атакой, которое обычно приводит к летальному исходу. Как и при всех других заболеваниях, связанных с образом жизни, уровень сахара в крови, холестерина, кровяного давления или мочевой кислоты может быть *повышен* только на первых порах, но при постоянном повышении в течение длительного периода времени это может привести к повреждению различных органов, таких как глаза, почки, сердце, печень и мозг. Эти *повреждения конечных органов* могут накапливаться и вызывать *отказ конечных органов* - состояние, при котором органы не в состоянии выполнять свои жизненно важные функции для организма. Когда почки отказывают, человек неизбежно будет всю жизнь зависеть от гемодиализа. Также возникают дополнительные страдания, например, когда нарушается кровоснабжение сердца, возникает мучительная боль в груди. Точно так же, когда мочевая кислота откладывается в суставах, боль при подагрическом артрите также становится мучительной. Более того, мы испытываем разочарование из-за ослабления сил из-за инсульта, когда кровоснабжение мозга также нарушено. Все это в конечном счете приводит к преждевременной кончине. Хотим ли мы, чтобы именно так прошли наши последние дни на земле, когда возможность долгой, продолжительной и качественной жизни находится в пределах нашей досягаемости?

Тем не менее, для таких важных и личных целей, как наше собственное здоровье и долголетие, любое вмешательство, которое мы предпринимаем, должно основываться на веских доказательствах. В медицине существует правило, которое называется *primum, non nocere*, или *сначала не навреди*, и требует наличия прочной, надежной базы знаний при каждом дополнении или отмене вмешательства. Поэтому крайне важно сначала ответить на вопросы: Насколько мы уверены во всех своих утверждениях? Это правда? Действительно ли это эффективно? Как мы можем это доказать? Каковы наши доказательства?

Имеются убедительные доказательства того, что образ жизни является модифицируемым фактором риска развития инфаркта миокарда и инсульта. В *исследовании* Interheart, проанализировавшем данные из 52 стран и опубликованном в авторитетном журнале *Lancet* в 2004 году, они обнаружили, что курение, абдоминальное ожирение и психосоциальные факторы повышают риск сердечного приступа, в то время как ежедневное употребление фруктов и овощей и регулярная физическая активность являются защитными факторами. Аналогичным образом, в *исследовании* Interstroke, опубликованном в журнале the *Lancet* в 2016 году и охватывающем 22 страны, было показано, что гипертония, курение, соотношение объема талии и бедер, оценка диетического риска, употребление алкоголя и психосоциальный стресс являются факторами риска *ишемического инсульта* или мозговой атаки из-за закупорки кровеносных сосудов, снабжающих мозг кислородом. определенная область мозга. С другой стороны, гипертония, курение, соотношение объема талии и бедер, диета и употребление алкоголя были значимыми факторами риска *геморрагического инсульта* - смертельного состояния, при котором происходит разрыв кровеносных сосудов внутри головного мозга.

Напротив, может ли здоровый образ жизни обратить *вспять* ишемическую болезнь сердца? Это может показаться пугающим утверждением, но *исследование* Lifestyle Heart, опубликованное в журнале the Lancet в 1998 году, показало, что *даже при отсутствии лекарств, снижающих уровень холестерина*, закупорка кровеносных сосудов сердца у тех, кто придерживался вегетарианской диеты с низким содержанием жиров, бросил курить, тренировался справляться со стрессом и выполнял умеренные физические нагрузки, уменьшалась. значительно сокращен. Эта конечная цель - уменьшить закупорку или открыть кровеносные сосуды, питающие сердце, - когда-то считалась достижимой только с помощью ангиопластики и аортокоронарного шунтирования, которые являются инвазивными процедурами с сопутствующими рисками и ошеломляющими затратами, недоступными для многих. Более того, исследования также показывают, что даже после сердечного приступа средиземноморская диета снижает риск повторного сердечного приступа, как показано в исследовании *Lyon Diet Heart Study*, опубликованном в журнале *Circulation* в 1999 году.

После смерти президента Соединенных Штатов во время войны Франклина Д. Рузвельта в 1945 году от геморрагического инсульта и гипертонической болезни сердца были вложены средства и усилия в изучение и выявление причин и возможного лечения гипертонии, болезней сердца и инсульта. **До этого ранняя кончина из-за гипертонии и болезней сердца считалась неизбежной.** В период с 1948 по 1952 год в исследование, которое продолжалось в течение десятилетий, было включено около 5000 человек. *Фрамингемское исследование сердца* окончательно выявило, что существуют факторы риска развития гипертонии, сердечного приступа и инсульта, и *некоторые из этих факторов риска можно изменить или избежать, чтобы предотвратить эти смертельные заболевания.* Они обнаружили, что курение сигарет, ожирение и гиподинамия связаны с ишемической болезнью сердца, а также с высоким кровяным давлением, диабетом и высоким уровнем холестерина. Высокое кровяное давление и нерегулярное сердцебиение связаны с риском инсульта. *Благодаря лечению гипертонии, снижению уровня холестерина, отказу от курения и кампаниям за здоровый образ жизни смертность от сердечно-сосудистых заболеваний снизилась за 50 лет.*

Как следует из результатов Фрамингемского исследования сердца, *последующее исследование медицинских работников* показало, что отсутствие курения, индекс массы тела менее 25, физическая активность в течение 30 минут в день и умеренное употребление алкоголя могут снизить риск сердечно-сосудистых заболеваний на 87%. Исследование *Multiple Risk Factor Intervention Trial (MRFIT)* также показало, что люди с низким статусом фактора риска имеют на шесть-десять лет большую продолжительность жизни, более низкий риск сердечно-сосудистых заболеваний и на 40-80% меньший риск смертности. Аналогичным образом, *проект Чикагской ассоциации кардиологов по выявлению* заболеваний показал, что меньшее количество факторов риска в среднем возрасте означает лучшее качество жизни в пожилом возрасте и меньшие затраты, связанные с болезнями и инвалидностью.

Еще одним проспективным исследованием, длившимся несколько десятилетий, является *исследование здоровья медсестер*, результаты которого были опубликованы в 2005 году и показали, что более 50% случаев рака действительно можно предотвратить, ведя здоровый образ жизни. Они показали, что употребление алкоголя было связано с повышенным риском развития рака молочной железы независимо от других факторов риска, в то время как физическая активность снижала риск развития рака молочной железы, особенно у женщин в постменопаузе. Они рекомендуют не курить, быть более физически активными, поддерживать здоровый вес, придерживаться диеты, богатой фруктами и овощами, цельными злаками и клетчаткой, с низким содержанием насыщенных и транс-жиров, ежедневно принимать поливитамины и избегать длительного применения гормональной терапии в постменопаузе. Действительно, было доказано, что 80% всех преждевременных смертей вызваны всего тремя факторами: употреблением табака, неправильным питанием и отсутствием физической активности.

Стоит отметить, что упомянутые здесь исследования не являются изолированными, отзывами или мелкомасштабным исследованием. В этих исследованиях участвует большое количество людей, так что результаты и выводы могут отражать то, что может быть верно для населения в целом. Большинство этих исследований являются когортными, что означает, что за испытуемыми или людьми, включенными в исследование, проводится наблюдение через несколько лет, чтобы установить причинно-следственную связь или прямую связь между рассмотренными факторами и возможными последствиями. Эти исследования также публикуются в авторитетных журналах, что означает, что перед публикацией они прошли рецензирование или тщательную проверку редакционной коллегией и другими специалистами. Какими бы простыми ни были результаты и методы, полученные выводы были подтверждены кропотливыми исследованиями в течение нескольких лет.

Забегая вперед, отметим, что *исследование здоровья адвентистов*, опубликованное в Американском журнале клинического питания в 2014 году, представляет собой крупное когортное исследование, за которым следили на протяжении долгого времени. Они показали, что вегетарианская диета связана с более низким индексом массы тела (ИМТ), более низким риском развития сахарного диабета, метаболического синдрома, гипертонии и рака. *Программа профилактики диабета*, опубликованная в журнале Diabetes Care в 2002 году, также представляет собой крупномасштабное рандомизированное клиническое исследование, проведенное в 27 центрах с целью определения того, может ли здоровый образ жизни или прием препарата метформин предотвратить или отсрочить развитие сахарного диабета у пациентов с нарушенной толерантностью к глюкозе. Они выяснили, что изменение образа жизни снижает риск развития сахарного диабета на 58% по сравнению с приемом метформина, который снижал риск развития всего на 31%.

Как было показано выше, существует подавляющее большинство фактических данных, свидетельствующих об эффективности здорового образа жизни в профилактике и облегчении таких заболеваний, как гипертония, сахарный диабет, инсульт, ишемическая болезнь сердца и рак. Даже когда вы читаете, постоянно проводятся тщательные исследования для проверки базы знаний и фактических данных. Благодаря убедительным доказательствам, медицина образа жизни уже включена в качестве первой линии и дополнительного метода лечения и профилактики в медицинские рекомендации по ведению хронических заболеваний. Поддержание здорового образа жизни действительно довольно простое и элементарное дело, но доказано, что оно, вне всяких разумных сомнений, продлевает нам жизнь на долгие годы.

Глава 2. Вы готовы???

"Гораздо важнее знать, какой человек болен, чем то, что у него за болезнь".
~ Гиппократ

Преимущества здорового образа жизни начинаются с изменения привычки - действия, которое, если его продолжать, окажет положительное влияние на наше здоровье и долголетие. Это может быть отказ от курения, включение большего количества овощей в наш ежедневный рацион, сон по 7 часов в день или умеренная физическая активность в течение 20-30 минут в день. Однако все равно все начнется с перемен, а для нас, людей, живущих по привычке, перемены могут оказаться нелегким делом.

Слишком часто на людей слишком рано вешают ярлык безнадежных или неспособных измениться, в то время как на самом деле они еще не готовы к переменам. В медицине образа жизни мы следим за готовностью человека к изменениям в соответствии с *Транстеоретической моделью*. Эта *модель, известная также как "Этапы изменения"*, была разработана Прочаской и Диклементе в конце 1970-х годов во время изучения курильщиков, которые могли бросить курить самостоятельно, когда уже были готовы к этому. Эта модель объясняет изменение поведения не как нечто решительное, совершаемое индивидом в любой данный момент, а как процесс, который может проходить поэтапно. Эти этапы включают в себя: предварительное обдумывание, созерцание, подготовку, действие, поддержание, рецидив и прекращение.

На стадии предварительного размышления разум еще не открыт для возможности изменений. Человек может не осознавать преимуществ действия или опасностей бездействия, и обычные диалоги звучат так: "Я не могу", "Я не буду", "Я *отказываюсь"*, *"Я не думаю, что мне нужно меняться"* и *"я не хочу говорить об этом"*. Давайте рассмотрим проблему Джорджа, 35-летнего курильщика, выкуривавшего по 10 сигарет в день в течение 15 лет. Он может сказать: *"Я не думаю, что мне нужно бросать курить, потому что я чувствую себя хорошо и нахожусь на пике своих возможностей. Я выгляжу хорошо и мужественно, когда курю, и я вижу, что многие пожилые люди все еще курят"*. Цель здесь состоит в том, чтобы повысить осведомленность человека, постепенно внедряя в его сознание возможность перемен, их преимущества и его способность принять эти изменения. Поэтому мы могли бы показать ему последствия курения, например: *"Знаешь ли ты, Джордж, что курение может вызвать импотенцию, поскольку оно затрудняет кровоснабжение и повреждает кровеносные сосуды?"* Мы также можем показать ему на видео людей, страдающих эмфиземой и не способных дышать, у которых уже есть рак легких и полости рта, или тех, у кого дистальные отделы конечностей уже почернели из-за болезни Бюргера. Тогда мы сможем показать ему, что он может избежать этого, уменьшить вероятность страданий и увеличить свою продолжительность жизни, рассказав ему об опасных последствиях курения и о возможности обратить вспять эти последствия, бросив курить.

На следующем этапе, называемом *стадией созерцания*, разум человека уже открыт для изменений, но он не уверен, как это сделать, или еще не принял на себя обязательство действовать. Он осознает, что его поведение является проблемой, и признает, что ему необходимо измениться. Обычный диалог - это *"я могу"*. Давайте послушаем Джорджа еще раз: *"О, я понимаю. Да, и моя девушка тоже думает, что от меня плохо пахнет, когда я курю, и она беспокоится, что это может повлиять на наших будущих детей. Но, видите ли, все мои коллеги по группе курят, и я буду выглядеть некруто, если брошу курить. Иногда, когда их нет рядом, я пытаюсь ограничить свое курение, но мне очень хочется"*. На этом этапе мы стремимся обосновать мнение человека о том, что ему трудно измениться, но он поймет, что выгоды от перемен перевешивают риски.

Третий этап - это *этап подготовки*, когда человек уже делает первые шаги к изменению поведения и намерен действовать в течение следующих 30 дней. На этом этапе человек уже осознал, что изменение поведения может привести к положительным результатам, и у него есть возможность это сделать. Диалоги здесь следующие: *я могу, я собираюсь* и *я хочу сделать*... На этом этапе мы должны помочь человеку составить план действий. После того, как Джордж легкомысленно рассказал своим коллегам по группе о том, что собирается бросить курить в рамках подготовки к свадьбе, он обнаружил, что его коллеги по группе поддерживают его. Он рассказал им, что сказал врач по здоровому образу жизни о вреде курения, и, похоже, они тоже хотели бросить курить. Он обратился за помощью к своему жениху, который был его партнером по подотчетности, а также нашел сайты, группы по прекращению курения и линии связи, которые могли бы помочь ему в принятии решения. Ему также выписали рецепт для лечения тяги к никотину. Заручившись поддержкой своих близких и общества, он сказал себе: *"Курение останется в моем прошлом"*.

На четвертой стадии, или *стадии действия*, человек уже использует эту привычку в течение 6 месяцев. Здесь человек говорит: "Я..." Цель состоит в том, чтобы он продолжал менять поведение в течение 6 месяцев или более, поощряя позитивное поведение, празднуя победы, сводя к минимуму раздражители, напоминающие о негативном поведении, и устанавливая здоровые отношения, которые будут способствовать изменению поведения. Так вот, первые шесть месяцев после того, как Джордж бросил курить, дались ему нелегко. Были времена, когда он все еще чувствовал, что сигарета приравнивается к его мужественности, но его девушка неоднократно уверяла его, что это не так. Когда на концерте участники других групп курили, он почувствовал, что у него потекли слюнки, и у него возникло искушение выкурить только одну сигарету, но товарищи по группе напомнили ему о его предстоящей свадьбе и решении. Он и его девушка празднуют каждый месяц, когда он отказывается от курения, и все предметы, напоминающие ему о курении, такие как пепельница или зажигалка, были убраны из его дома.

На пятом этапе, также называемом *этапом поддержания*, человек сохраняет изменения в поведении по крайней мере в течение 6 месяцев. Диалог здесь таков: *я все еще существую*, или *я все еще делаю*, или *я продолжаю*... Проблема здесь заключается в скуке и опасности постепенного скатывания к нездоровым привычкам, что мы называем *рецидивом*. Таким образом, мы должны постоянно поддерживать человека, стремящегося изменить свое поведение, даже если он постоянно добивался успеха в течение последних 6 месяцев. Цель здесь состоит в том, чтобы постоянно придерживаться позитивного поведения и предотвратить рецидив негативного. Джордж уже 6 месяцев не курил во время своей свадьбы. Его жена действительно оценила произошедшие в нем перемены и ту безопасность, которую это принесло их дому и их будущим детям. Несмотря на то, что он уже довольно давно придерживался такого поведения, его жена и коллеги по группе, а также друзья жениха продолжали поддерживать его уход, поскольку он стал для них образцом для подражания.

Заключительный этап, или *прекращение*, наступает тогда, когда человек достаточно прочно прививает себе здоровую или позитивную привычку, так что он больше не думает о прежних вредных привычках и не боится, что у него может возникнуть соблазн сделать это снова. Джордж теперь был отцом, и он даже представить себе не мог, что принесет дым в свой дом и тем самым повредит хрупким легким своего маленького ангела. Даже мысль о сигарете вызывала у него отвращение. На том этапе своей жизни он просто хотел состариться вместе со своей женой и увидеть, как его маленький ангел растет, ходит в школу, заводит друзей, работает, добивается успеха, занимается своими увлечениями и заводит собственную семью. Он хотел быть рядом с ней во время всего этого и быть отцом, который пойдет с ней к алтарю.

Разумно помнить, что на выработку привычки уходит 21 день, а на формирование образа жизни - 21 месяц, и наша конечная цель - долголетие за счет ведения здорового образа жизни. Люди также принимают перемены, потому что они соответствуют их ценностям, они думают, что это того стоит, они думают, что они могут, они думают, что это важно, они готовы к этому, они должны взять на себя ответственность, и у них есть четкий план и надежная социальная поддержка. Поэтому мы должны дать человеку время измениться, надлежащую информацию и образование, а также достаточную социальную и медицинскую поддержку до, во время и еще долгое время после изменения его поведения, чтобы у него не возникло соблазна вернуться к своему прежнему состоянию.

Формулируя жизненные цели, помните о том, что они должны быть разумными: *конкретными, измеримыми, достижимыми, актуальными и привязанными ко времени*. Не ставьте перед собой расплывчатых или слишком высоких целей без каких-либо сроков, так как это может привести к неудаче или разочарованию. Скорее, сформулируйте цели в виде изменения поведения или действий, которые вы обещаете себе выполнить в течение определенного периода времени, и которые, если их выполнять постоянно, помогут вам достичь вашего видения долгой и здоровой жизни или великолепного телосложения. Например, в течение этой недели я буду съедать по 3 порции овощей каждый день, или буду спать по 7 часов в сутки в течение этой недели, или *буду быстро ходить по 30 минут в день в течение следующих 5 дней*. Это также поможет оценить ваш уровень уверенности и важность каждой цели по шкале от 1 до 10, где 10 - это показатель наибольшей уверенности и важности, а 1 - показатель наименьшей уверенности и важности.

Давайте выполним простое упражнение. Заполните приведенную ниже таблицу. Во-первых, определите 3 аспекта своей жизни или образа жизни, которые вы хотите изменить. Затем определите, на какой стадии транстеоретической модели вы сейчас находитесь. Затем определите свой уровень уверенности в себе и степень его важности для вас. Наконец, сформулируйте свою цель в области РАЗУМНОГО образа жизни.

Изменение	Этап	Уровень	Уровень

образа жизни		доверия	важности
1.			
2.			
3.			

Мои РАЗУМНЫЕ цели заключаются в следующем:

1._____

2._____

3._____

Поздравляем вас с нашим первым шагом к изменению здорового образа жизни! Наша цель - поддерживать эти привычки в течение 6 месяцев, а затем непрерывно в течение следующего 21 месяца внедрять их в качестве образа жизни. Наш выбор начинается сегодня, так же как и наши действия и настойчивость. Наше будущее "я" будет благодарить нас за то, что мы решили перейти к здоровому образу жизни.

Глава 3 - 6 столпов медицины образа жизни

"Величайшее лекарство из всех существующих - это научить людей не нуждаться в нем" ~ Гиппократ

https://www.midlandhealth.org/Uploads/Public/Images/Slideshows/Banners/6%20Pillars%20-%20LMC.jpg

Когда Александр Флеминг в 1928 году открыл пенициллин, это открыло для него удивительный мир, в котором инфекции можно лечить простым приемом антибиотиков в виде таблеток. До этого даже небольшая инфицированная рана могла привести к обострению и ранней смерти многих людей, особенно тех, у кого была слабая иммунная система. В настоящее время производными пенициллина можно легко лечить даже инфекции легких (пневмонию), кожи или мочевыводящих путей.

По прошествии десятилетий инфекционные заболевания уже не представляют такой серьезной угрозы для человечества.

Угроза общественному здравоохранению сместилась с инфекционных заболеваний на неинфекционные. В то время как инфекционные заболевания остро или внезапно вызываются микробами и могут передаваться от одного человека к другому, неинфекционные заболевания обычно являются хроническими или длительными, вызываются нездоровым образом жизни и обычно не передаются другим людям. К ним относятся гипертония (стойкое повышение кровяного давления), сахарный диабет (хроническое повышение уровня сахара в крови), ишемическая болезнь сердца (сужение или закупорка кровеносных сосудов, питающих сердце) и инсульт (либо закупорка кровеносных сосудов, питающих мозг, либо разрыв кровеносных сосудов в головном мозге). Однако магия таблеток с антибиотиками уходит корнями в человеческую культуру, и к ней стремились даже в современную эпоху неинфекционных заболеваний. Хотя лекарства, снижающие уровень холестерина и сахара в крови, действительно помогают снизить риск повреждения кровеносных сосудов и других органов, они не направлены на устранение первопричины, которой является нездоровый образ жизни.

Давайте скажем так: если у вас на руке образовалось образование из мягких тканей, никакими лекарствами его не удалить; необходимо провести операцию. Точно так же, когда у вас перелом ноги, нужно либо наложить гипс и подождать, пока кости срастутся и заживут, либо зафиксировать кости винтами; но никакое количество таблеток не сможет соединить эти кости. Точно так же, если корень наших нынешних проблем кроется в нездоровом образе жизни, то ответ заключается в том, чтобы скорректировать этот образ жизни, а не только принимать таблетки, чтобы регулировать последствия этого нездорового образа жизни. Это все равно что постоянно мыть пол, когда раковина переполняется, в то время как реальное решение - перекрыть кран.

К сожалению, именно так мы на протяжении десятилетий боролись с болезнями, связанными с образом жизни. Пероральные лекарственные препараты и инвазивные процедуры, такие как шунтирование и ангиопластика, широко используются в лечении заболеваний, связанных с образом жизни, без предварительного изменения поведения, вызывающего заболевание. Например, пациенту, который принимал лекарства, снижающие уровень холестерина, но продолжал употреблять продукты с высоким содержанием жиров, холестерина и калорий, такие как фаст-фуды, возможно, придется увеличить дозировку своих лекарств из-за предполагаемой неэффективности препарата, в то время как реальная проблема заключается в образе жизни. Другому человеку, который, возможно, хочет контролировать свое кровяное давление, ежедневно принимает антигипертензивные препараты, но продолжает курить и есть соленые чипсы и газировку, просматривая Netflix, вместо того чтобы есть фрукты и овощи, проявлять достаточную физическую активность и воздерживаться от курения, возможно, со временем придется увеличить дозу лекарств из-за к постоянному повреждению стенок его кровеносных сосудов, особенно артериол. Наконец, диабетик, который принимает пероральные гипогликемические препараты, но продолжает вести напряженный образ жизни, плохо высыпаясь каждую ночь, придерживаясь диеты с высоким содержанием жиров и калорий, состоящей в основном из простых сахаров, таких как газировка, и не проявляя физической активности, может в конечном итоге нуждаться в добавках инсулина для контроля уровня сахара в крови.

Специализация "Медицина образа жизни" возникла в связи с осознанием того, что, поскольку угрозы здоровью и долголетию человека в современную эпоху в основном связаны с образом жизни, изменение поведения и переход к здоровому образу жизни, а не только медикаментозное лечение, могут предотвратить, вылечить и облегчить течение заболеваний, связанных с образом жизни. Эти заболевания, к которым относятся сердечно-сосудистые заболевания, метаболический синдром, сахарный диабет 2 типа и рак, в настоящее время являются ведущими причинами преждевременной смертности здоровых и продуктивных людей, которые могли бы внести значительный вклад в развитие общества.

В 1989 году термин "Медицина образа жизни" впервые был использован в качестве названия симпозиума, опубликованного в статье в 1990 году, а в 1999 году доктор Джеймс Рипп опубликовал знаменательный учебник под названием "Медицина образа жизни". Основные компетенции этой специальности были опубликованы Лианой Лланов и Марком Джонсоном в журнале Американской медицинской ассоциации в 2010 году, что послужило толчком к разработке учебных программ и сохранению науки и специальности. Как определено в этом журнале, *"Медицина образа жизни - это научно обоснованная практика оказания помощи отдельным людям и их семьям в принятии и поддержании моделей поведения, которые могут улучшить здоровье и качество жизни"*. Кроме того, Американский колледж медицины образа жизни определяет его как *"использование мер по изменению образа жизни при лечении заболеваний"*.

Во время моих дежурств и обходов в больнице мы принимаем больных пациентов, наблюдаем за ними, даем им лекарства и выписываем их, когда они уже вне опасности. Так, например, пациента с пневмонией выписывают, когда у него больше нет температуры, кашель почти прекратился, инфекция утихла, и он может продолжать принимать пероральные препараты дома. С другой стороны, пациент, перенесший инсульт или недавний сердечный приступ, может быть выписан, когда опасность его смерти или ухудшения состояния здоровья уже миновала и ему оказывается адекватное лечение. Они также могут продолжать принимать поддерживающие препараты дома, а также проходить физическую или кардиологическую реабилитацию амбулаторно. Я часто спрашиваю себя: мы заботимся о том, чтобы пациенты выздоровели, но что мы, врачи, действительно можем сделать, чтобы помочь им восстановить здоровье? По определению Всемирной организации здравоохранения (ВОЗ), *здоровье* - это не просто отсутствие болезней или недугов, а состояние полного физического, психического и социального благополучия. За десятилетия моей медицинской практики я почувствовал пробел в знаниях. Адекватно ли мы помогаем нашим пациентам?

Достижение максимально возможного уровня здоровья является целью медицинского сообщества, особенно ВОЗ. Хотя все методы лечения способствуют достижению этой цели, медицина образа жизни доказала свою эффективность в достижении этой цели - в поддержании здоровья, лечении и профилактике заболеваний, связанных с образом жизни. Более того, в ходе нескольких исследований было доказано, что это способствует увеличению продолжительности жизни и, очевидно, крайне необходимо современному обществу и образу жизни.

Почему это так? Помимо очевидного изобилия и доступности продуктов питания, увеличения количества сидячей работы, снижения потребности в активном образе жизни и повышения уровня стресса, требовательности и конкуренции, физиологические реакции человека глубоко укоренились в его адаптации. Прослеживая историю человечества до времен дефицита и опасностей, человеческий организм выработал механизмы для накопления пищи в организме и запуска реакций на стресс. В те времена эти механизмы спасали жизнь, так что при нехватке пищи организм располагал запасами энергии в виде гликогена и жира, которые можно было использовать даже при ограниченных запасах пищи. После того как с приходом индустриализации поставки продовольствия стали непрерывными и обильными, современный человек по-прежнему накапливает избыток энергии в виде жира, который подвергается окислению и вызывает хроническое воспаление. Это приводит к переполнению кровеносных сосудов и органов, которые со временем получают повреждения и рано дегенерируют. Кроме того, в то время как в прошлом энергия была очень необходима и расходовалась на повседневную деятельность человека, механизация задач уменьшила эту потребность. В результате человек получает избыток энергии, запасенной в виде жира, и недостаточно активен в повседневной жизни, чтобы использовать ее, что становится причиной его собственных заболеваний и эпидемии метаболического синдрома, в первую очередь ожирения.

В следующих главах мы более подробно рассмотрим каждый из 6 столпов медицины образа жизни. Эти принципы заключаются в следующем: (1) цельнопищевое и растительное питание, (2) повышенная физическая активность, (3) восстанавливающий сон, (4) отказ от вредных веществ, (5) управление стрессом и (6) позитивная психология и здоровые социальные отношения. Это те факторы, которые, как показали обширные и подтвержденные исследования, при ежедневном внедрении в современный образ жизни позволяют эффективно предотвращать заболевания, связанные с образом жизни, и управлять ими. Было доказано, что лекарством являются не только таблетки, медикаменты и химикаты, но и, прежде всего, питание, физическая активность и здоровое поведение, включенные в нашу повседневную жизнь. **Образ** жизни сам по себе является лекарством.

На этом этапе я предлагаю вам оценить свой образ жизни в соответствии с 6 основными принципами. Как вы думаете, в каком из этих столпов ваша сила? Твоя слабость? Просто чтобы повторить и закрепить полученные знания, не могли бы вы перечислить 6 основных принципов медицины образа жизни в следующих разделах? Поставьте звезду рядом с колонной, которая является вашей силой, и сердце рядом с вашей слабостью.

1.

2.

3.

4.

5.

6.

Глава 4. Правильное питание

"Оставьте свои лекарства в аптечной аптечке, если вы можете вылечить пациента едой" - Гиппократ.

Одним из самых важных видов деятельности человека, приравниваемых к самой жизни, является прием пищи. Мы должны заложить топливо, которое будем сжигать, чтобы обеспечить энергией функционирование каждой из наших клеток и органов. Однако эта основная функция эволюционировала и расширилась, чтобы удовлетворить и другие потребности человека, например, обеспечить возможность социального взаимодействия, или даже просто вкус определенной пищи может удовлетворить некоторые эмоциональные или интеллектуальные потребности. К сожалению, для многих количество потребляемой пищи увеличивается до пропорций, которые в данный момент не нужны организму, и она усваивается организмом в виде жира или наполняет кровеносные сосуды неиспользованной глюкозой, жирными кислотами и холестерином, что является началом каскада событий, приводящих к болезням, связанным с образом жизни. Пища, которая должна была быть источником энергии и часто могла служить также лекарством, в нашу современную эпоху стала источником патологии.

В период с 1966 по 1972 год хирург, недавно вернувшийся из Африки, отметил, что сердечно-сосудистые заболевания и заболевания толстого кишечника, типичные для западного мира, встречаются там редко. Будучи тем же любознательным врачом, который установил, что причиной агрессивного детского рака, лимфомы Беркитта, является специфический вирус, называемый вирусом Эпштейна-Барра, он проанализировал это неравенство в распространении заболеваний: почему мы заболеваем тем, чего нет у этих людей? **Застрахованы ли они от сердечных приступов?** Он обнаружил, что ответ кроется в различиях в питании жителей Западного мира и Африки, и выдвинул *радикальную на тот момент гипотезу о том, что диеты с низким содержанием клетчатки могут увеличить риск сердечно-сосудистых заболеваний, ожирения, кариеса зубов, различных сосудистых заболеваний и заболеваний толстого кишечника, таких как рак, аппендицит и дивертикулез.* Известный как специалист по *клетчатке*, доктор Деннис Беркитт заложил основу для изучения диеты как фактора риска развития заболеваний, связанных с образом жизни.

В 1975 году изобретатель, инженер и диетолог Натан Притикин открыл центр долголетия в Калифорнии. Он даже не был практикующим врачом, но, обладая таким же пытливым умом, отметил, что во время Второй мировой войны, в период сильного стресса, смертность от сердечных приступов, по иронии судьбы, снизилась, и это он связал с рационами питания с низким содержанием жиров и холестерина в то время. У него самого было тяжелое заболевание сердца, и ему посоветовали прекратить физические упражнения, избавиться от всех стрессов и вздремнуть после обеда. Однако, вдохновленный собственными исследованиями и самообучением, он перешел на вегетарианскую диету и программу физических упражнений и доказал своим лечащим врачам, что уровень холестерина у него снизился и симптомы исчезли. Вооруженный убежденностью в собственном успехе и доказательствами, которые он накопил в ходе своих исследований, он основал Центр долголетия "Притикин" - санаторно-курортную программу, основанную на обучении правильному питанию, физическим упражнениям и изменению образа жизни. В течение месяца он принимал трех пациентов с тяжелыми сердечными заболеваниями. После окончания программы всем пациентам стало лучше, они перестали испытывать боль в груди, практически отказались от приема лекарств и продолжали заниматься любимым делом и вести привычный образ жизни спустя годы после завершения программы.

Аналогичным образом, в 1990 году доктор Дин Орниш в ходе крупномасштабного исследования Lifestyle Heart Trial показал, что изменение образа жизни *само* по себе может обратить вспять симптомы сердечных заболеваний. Это означало, что даже при отсутствии пероральных препаратов симптомы сердечных заболеваний, как было показано, уменьшались при изменении образа жизни. Тем временем доктор Колдуэлл Эссельстин в 1999 году еще раз продемонстрировал и наглядно представил ***на ангиограммах благотворное влияние растительного питания на снижение уровня холестерина и увеличение диаметра кровеносных сосудов***. Это было связано с последующим исчезновением боли в груди, что эквивалентно преимуществам ангиопластики или аортокоронарного шунтирования без ошеломляющих затрат и риска. Европейское проспективное исследование рака и питания (EPIC) Исследование показало, что отказ от курения, умеренное употребление алкоголя, физическая активность и ежедневное употребление не менее пяти порций фруктов и овощей могут продлить жизнь на *четырнадцать лет*.

Медицина образа жизни выступает за цельнопищевое питание на растительной основе. Растительное питание на 95% состоит из овощей, фруктов, цельного зерна, бобовых, орехов и семян и только на 5% - из мяса, рыбы, молочных продуктов и яиц, при этом рекомендуется каждый день употреблять в пищу "радугу", то есть натуральные продукты разных цветов. К ним относятся зеленые овощи и фрукты, такие как авокадо, брокколи, белокочанная капуста и малунгай, которые содержат хлорофилл, фитонутриенты, витамин С, железо и витамины группы В, которые служат коферментами и сопутствующими факторами для оптимального обмена веществ и функционирования человеческого организма, а также укрепляют иммунную систему. поддержание здоровья кишечника и отсутствие токсинов в нем. Красные фрукты и овощи, такие как помидоры, красный перец, арбуз, яблоки, гранаты и клубника, содержат фитонутриенты, такие как ликопин и эллаговая кислота, которые обладают антиоксидантными и противоопухолевыми свойствами. Желтые и оранжевые фрукты и овощи, такие как морковь, апельсины, манго, бананы, тыква, кукуруза и персики, содержат лютеин, витамин С и бета-каротин, которые поддерживают здоровье глаз и хорошее зрение, а также являются мощными антиоксидантами и противоопухолевыми соединениями. Синие и фиолетовые овощи, такие как виноград, черника, баклажаны и фиолетовый батат, богаты антоцианами и ресвератролом, которые обладают противоопухолевыми и омолаживающими свойствами. Наконец, белые и коричневые фрукты и овощи, такие как чеснок, лук, цветная капуста и грибы, обладают противовоспалительными, противомикробными и противоопухолевыми свойствами, а также укрепляют иммунную систему. Поэтому, если мы хотим предотвратить и вылечить страшное заболевание рак и укрепить иммунитет, ешьте радугу каждый день!

А как насчет белка? Разве это не содержится только в мясе и продуктах животного происхождения? Это представление неточно, поскольку в некоторых растительных источниках содержится столько же белка, если не больше, чем в рационе животного происхождения. Например, 1 чашка красной чечевицы эквивалентна 3 вареным яйцам, 3 унции стейка или курицы эквивалентны 5 печеным картофелинам среднего размера, а 3 унции миндаля содержат почти столько же белка, сколько 3 унции лосося. В то время как животный белок имеет недостаток холестерина, насыщенных жиров и более высокую калорийность, растительный белок обладает преимуществом в обеспечении клетчаткой, фитонутриентами, витаминами и минералами, а также низким содержанием калорий при той же степени насыщения.

Хватит ли консервированных овощей и фруктов? В обзоре Сандры Патрон и Андреа де ла Барка, опубликованном в 2017 году, они показали, что ультрапереработанные пищевые продукты, которые можно разогревать и употреблять в пищу, вызывают воспаление и непроходимость *кишечника*, а также способствуют ожирению, аутоиммунным заболеваниям и целиакии. Слизистая оболочка кишечника покрыта защитными слоями - от полезных бактерий, обитающих в кишечнике, до слоя слизи, покрывающего стенки кишечника, и плотно "склеенных" кишечных клеток, подобных кирпичам стены. Непроходимость *кишечника* - это состояние, при котором эти барьеры нарушаются, и токсины, химические вещества и бактерии могут свободно проникать через стенки кишечника и попадать в кровоток, не подвергаясь фильтрации. С другой стороны, рацион на основе необработанных и минимально обработанных пищевых продуктов способствует размножению полезных бактерий, уменьшает воспаление в кишечнике и способствует сохранению целостности слизистой оболочки кишечника. Уровни обработки продуктов следующие: уровень 1 - это *легкая обработка*, измельчение или нарезка, но ничего не удаляется; уровень 2 - *умеренная обработка*, при которой некоторые компоненты могут быть удалены и смешаны с ингредиентами, доступными на обычной кухне; и уровень 3 - *сверхпрочная обработка*, которая производится в процессе переработки. в нем больше растительного и химического состава, чем настоящего пищевого. Ультрапереработанные пищевые продукты могут вызвать расстройство кишечника; таким образом, лучше всего употреблять продукты с легкой или умеренной степенью обработки и свести к минимуму, если не вовсе избегать, продукты с высокой степенью обработки.

То, как готовится пища, также является важным фактором. При взаимодействии сахаров и свободных аминогрупп белков в условиях сухого нагрева, например при приготовлении на гриле, бройлере, запекании и фритюре, образуется в 10-100 раз больше конечных продуктов гликозилирования (AGEs), чем в сыром виде. Приготовление на влажном огне, сокращение времени приготовления, приготовление при более низких температурах и использование кислых ингредиентов, таких как лимонный сок или уксус, уменьшают образование корочки. Обработанные пищевые продукты и продукты животного происхождения с высоким содержанием жиров и белков имеют повышенный срок годности по сравнению с овощами, фруктами, цельными злаками и молоком, которые содержат относительно мало жира даже после приготовления. Этот возраст может привести к повреждению нервов, почек, глаз и коллагена, а также ускорить старение.

Кроме того, то, как подается пища, является одним из наиболее важных элементов правильного питания. Люди едят не только из-за чувства голода, но и иногда для удовлетворения эмоциональных и социальных потребностей, что может привести к избытку калорий, которые в настоящее время не нужны организму. Осознанное питание - это просто наслаждение едой и моментом: ешьте медленно, используя маленькие тарелки и столовые приборы, пережевывая каждый кусочек примерно 20 раз с паузами между ними и не занимаясь многозадачностью во время еды. Было доказано, что такой режим питания улучшает нарушенные пищевые привычки и нарушает привычное пищевое поведение, и он используется в качестве диетотерапии при сахарном диабете.

Следующий вопрос - когда мы едим? Рекомендуется принимать пищу только два раза в день и перекусывать, желательно не пропуская завтрак, или ограничивать прием пищи по времени, когда пища принимается только в течение 12, 10 или 8 часов, например, с 7 утра до 7 вечера. С другой стороны, периодическое голодание - это периодическое снижение потребления калорий, например, 16-часовое голодание, 24-часовое голодание или голодание 1-2 раза в неделю. Голодание может включать в себя голодание только на воде для восстановления сил, голодание на овощных или фруктовых соках для получения антиоксидантной нагрузки и голодание на долголетие, которое ограничивает ежедневное потребление калорий всего 800 калориями, половина из которых приходится на овощи, а половина - на орехи. Было показано, что после этого периода голодания повышается чувствительность к инсулину, что предотвращает развитие сахарного диабета, поскольку переключение обмена веществ на утилизацию жиров уменьшает ожирение.

На этом этапе позвольте мне пригласить вас провести 24-часовой обзор продуктов питания.

1. Что вы ели, проснувшись утром?
2. Сколько раз вы сегодня ели? Сколько стаканов воды?
3. Перечислите продукты, которые вы съели за один прием пищи, включая все закуски в течение 24 часов.

Из того, что мы узнали в ходе предыдущего обсуждения, какие изменения, по вашему мнению, вам необходимо внести в свое ежедневное питание? Можете ли вы составить свою разумную цель или план действий по питанию в соответствии с формулой ПОТРЕБЛЕНИЯ ЖИРОВ (частота, количество и тип пищи)?

Я планирую добавить/убавить/включить (указать количество и тип пищи)_____ в свой рацион (сколько раз) _____ в день.

Например, я планирую добавлять по 3 фрукта и овоща разного цвета на каждый прием пищи 2 раза в день или ограничу потребление риса половиной чашки на каждый прием пищи 2 раза в день.

Я желаю вам вкусного и осознанного питания для профилактики заболеваний, связанных с образом жизни, здоровья и долголетия. Выбирайте с умом и наслаждайтесь своим блюдом!

Глава 5. Физическая активность

"Ходьба - лучшее лекарство для человека". - Гиппократ

Одним из преимуществ современного общества является возможность прилагать меньше усилий и достигать той же цели. Если раньше людям приходилось передвигаться пешком или бегом из одного места в другое, то теперь, управляя автомобилем, можно добиться того же результата с меньшими затратами времени и энергии. Простое программирование интеллектуальных устройств дома позволяет включать их в назначенное время, в то время как люди проводят больше времени, сидя или отдыхая на диване, просматривая телевизор или фильмы с помощью пульта дистанционного управления. Однако это преимущество сопряжено и с некоторой опасностью, а именно с отсутствием физической активности.

Профессор Стивен Блэр из департамента науки о физических упражнениях и эпидемиологии Арнольдской школы общественного здравоохранения Университета Южной Каролины в своей статье, опубликованной в Британском журнале спортивной медицины в январе 2009 года, назвал отсутствие *физической активности крупнейшей проблемой общественного здравоохранения 21 века.* Почему это так? Как это может превзойти даже неправильное питание, курение и ожирение по вреду для здоровья человека? В ходе лонгитюдного исследования Центра аэробики они показали, что наибольший процент смертей среди 40 842 мужчин и 12 943 женщин был связан в первую очередь с низкой кардиореспираторной подготовленностью, за которой в порядке убывания следуют гипертония, курение, диабет, высокий уровень холестерина и ожирение. Опять же, указано большое количество испытуемых, чтобы подчеркнуть достоверность исследования. Таким образом, это не просто мелкомасштабное исследование, в котором утверждается, что мы должны заботиться о своей кардиореспираторной форме, и это дар физической активности.

Однако в другом исследовании они показали, что даже у тучных мужчин в умеренной физической форме риск смерти был в два раза ниже, чем у людей с нормальным весом, которые не были в форме. Поэтому несправедливо основываться только на индексе массы тела (ИМТ) и говорить, что из-за ожирения продолжительность жизни человека будет короче, чем у его худощавого собрата. Недостающим звеном в этом уравнении является физическая форма, и это еще раз доказывает, что физическая активность направлена не только на похудение, но и на повышение кардиореспираторной подготовленности.

Физическая форма - это способность энергично и бдительно выполнять повседневные задачи, не испытывая чрезмерной усталости и имея достаточно энергии для проведения досуга и реагирования на чрезвычайные ситуации. Это включает в себя выносливость сердца и мышц, силу, гибкость и время реакции. Таким образом, наша цель в области физической активности - фитнес, за которым последует великолепное тело. Представьте, что вы можете делать то, что вам нужно и что вы хотите делать каждый день, потому что у вас достаточно сил и выносливости для этого, а не чувствовать усталость еще до окончания первой половины дня. Более того, представьте, что в 80-е годы мы остаемся независимыми и можем стоять, ходить и функционировать, не нуждаясь в посторонней помощи, в отличие от 70-летнего мужчины, который уже прикован к постели или передвигается в инвалидном кресле, и которому помогают даже в туалете. Как уже говорилось ранее, в "Голубых зонах" быть здоровым и продуктивным в обществе даже после 90 лет - это не просто мечта или возможность, а норма.

Доказано, что регулярная физическая активность улучшает физическую форму, осанку и равновесие, самооценку, вес, мышцы и кости, даже когнитивные способности, что более точно описано в пословице: *"Когда мы двигаемся, мозг работает"*. С другой стороны, доказано, что гиподинамия является фактором риска преждевременной смерти, ожирения, болезней сердца, высокого кровяного давления, сахарного диабета 2 типа, остеопороза, инсульта, депрессии и рака толстой кишки. Исследование, в котором приняли участие 222 149 человек в возрасте от 45 лет и старше, показало устойчивую корреляцию между сидячей работой и смертностью в зависимости от пола, возрастной группы и ИМТ, отсюда и недавняя аксиома: *"Сидение - это новое курение"*.

Доказательства пользы физических упражнений для долголетия убедительны и неоспоримы. В 2013 году в ходе 305 рандомизированных контролируемых исследований с участием 339 274 человек Naci и Иоаннидис показали, что физические *упражнения даже лучше, чем медикаментозное лечение, предотвращают смерть от инсульта и не уступают лекарствам в предотвращении смерти от ишемической болезни сердца*. Большой когортный анализ объединенных данных Национального консорциума по изучению рака, включающий 654 827 человек в возрасте от 21 до 90 лет, *за которыми наблюдали в среднем в течение 10 лет, показал увеличение продолжительности жизни на 2-5 лет у тех, у кого физическая активность в свободное время* эквивалентна быстрой ходьбе продолжительностью до 75 минут в неделю, в отличие от тех, кто был физически неактивен. У тех, кто был активен и имел нормальный вес, ожидаемая продолжительность жизни увеличилась на 7 лет. В систематическом обзоре, проведенном Джеймсом Вудкоком и др. и опубликованном в Международном журнале эпидемиологии в 2010 году, они показали, что физическая активность снижает риск смертности. *Даже у тех, кто занимался спортом в течение 2,5 часов в неделю, смертность снизилась на 19%, а увеличение этого показателя до 7 часов в неделю снизило риск* смертности на 24%.

Если вы, возможно, заметили, в качестве ориентира для определения пользы для здоровья мы использовали физическую активность, а не физические упражнения. Физическая активность - это любое движение тела, при котором сокращение скелетных мышц увеличивает затраты энергии выше базового уровня, в то время как физические упражнения более эффективны, поскольку представляют собой запланированный, структурированный, повторяющийся и целенаправленный набор движений для поддержания и улучшения выносливости, силы, гибкости и равновесия. Исследования рекомендуют *регулярные физические нагрузки умеренной интенсивности, такие как быстрая ходьба в течение 150 минут в неделю*, что эквивалентно 30 минутам в день в течение 5 дней, а оставшиеся 2 дня - силовым тренировкам с отягощениями. Обратите внимание, что уровень интенсивности физической активности должен быть, по крайней мере, умеренным. Занятия, отнесенные к категории легкой интенсивности, включают легкую ходьбу, легкую работу в саду и растяжку, в то время как занятия средней интенсивности включают быструю ходьбу, езду на велосипеде, сгребание листьев, плавание и танцы, а занятия интенсивной интенсивности включают аэробику, бег трусцой, баскетбол, быстрое плавание и быстрые танцы. Согласно простому эмпирическому правилу, вы все еще можете говорить и петь во время физической нагрузки легкой интенсивности, но при физической нагрузке средней интенсивности вы все еще можете говорить, но не можете петь, а при физической нагрузке высокой интенсивности вы уже с трудом можете говорить и петь. При интенсивных физических нагрузках рекомендуемая продолжительность в два раза меньше, чем при умеренных физических нагрузках, и составляет не менее 75 минут в неделю для пользы здоровья. Для получения дополнительной пользы для здоровья это время может быть увеличено до 5 часов или 300 минут физической активности умеренной интенсивности или 150 минут интенсивных физических нагрузок в неделю.

Главное правило физической активности - *начинать с малого, двигаться медленно*. Если вы ведете малоподвижный образ жизни, достаточно 10-минутных занятий умеренной физической активностью, чтобы достичь в общей сложности 30 минут в день в течение 5 дней. По мере того как организм привыкает, уровень и продолжительность физической активности могут быть увеличены в зависимости от переносимости. Существуют даже допустимые физические нагрузки для беременных, пожилых людей и тех, кто восстанавливается после сердечного приступа и инсульта, для физической и сердечной реабилитации. Просто регулярно консультируйтесь со своим лечащим врачом по здоровому образу жизни относительно формы и уровня физической активности, которые вам разрешены, учитывая ваши особые условия или соображения. Вы можете обнаружить, что, поскольку регулярная физическая активность улучшает ваше здоровье, когнитивные способности, форму тела, его внешний вид и самооценку, привычка к регулярной физической активности доставляет удовольствие и легко вырабатывается, а иногда даже вызывает зависимость, если у вас есть на это время. Это означает, что вы продлеваете свою жизнь на 2-7 лет, становитесь сильнее и независимее в пожилом возрасте, а также снижаете риск таких заболеваний, связанных с образом жизни, как инсульт, гипертония, сахарный диабет, ишемическая болезнь сердца и рак.

Для выполнения упражнения, описанного в этой главе, сначала оцените свой жизненный показатель физической активности (PAVS), который равен минутам умеренной физической активности в день х дням физической активности в неделю. Например, если я занимаюсь быстрой ходьбой по 30 минут в день в течение 5 дней в неделю, мой PAVS составляет 150 минут в неделю, а наша цель - 150-300 для максимальной пользы для здоровья.

Мои текущие PAVS = _____

Чтобы достичь нашей цели - уделять 150-300 минут в неделю, каким будет ваш план действий по физической активности или ваша разумная цель? Примером может быть: "В будние дни я буду быстро прогуливаться по окрестностям каждые 6 утра в течение 30 минут в день, а после каждого часа сидения я буду вставать, ходить и что-то делать".

Мой план действий по физической активности:

Теперь, когда у вас есть план, гораздо труднее всего преодолеть инерцию и приступить к его осуществлению. Итак, чего же ты ждешь? Встаньте и идите, будьте активны, заставьте сердце биться быстрее и кровь циркулировать быстрее. Время от времени вставайте с этого удобного дивана, ходите быстрым шагом, так что вы едва ли сможете петь во время ходьбы, или занимайтесь физическими упражнениями, которые доставляют вам радость, такими как плавание или пеший туризм. Это активизирует ваш мозг, ускорит обмен веществ, улучшит вашу кардиореспираторную систему, придаст форму вашему телу и продлит вашу жизнь. Не забудьте сделать это привычкой - делайте это постоянно. А еще лучше, сделайте это образом жизни - сделайте физическую активность неотъемлемой частью своей жизни.

Глава 6. Восстанавливающий сон

"Сон и бдительность - и то, и другое, когда они неумеренны, приводит к болезни". ~ Гиппократ

Если вы считаете, что сон - это пассивный процесс, который имеет минимальное значение для жизни, подумайте еще раз. Мы бы не проводили треть своей жизни в таком состоянии, если бы это не было так важно. Прежде чем мы углубимся в подробности, ответим на вопрос, что такое сон? Сон - это состояние быстро обратимого снижения чувствительности, которое с любовью называют сном 4R. Зачем же тогда нам нужно спать или находиться в состоянии пониженной чувствительности? Разве это не противоречит здравому смыслу с точки зрения безопасности человека?

Сон очень важен для человеческого организма, потому что именно в этом состоянии мозг, мышцы, сердце и другие органы тела восстанавливаются. Во время нашей повседневной деятельности повреждение клеток и тканей неизбежно, особенно если мы живем в условиях стресса и быстрого темпа жизни. Мы часто сосредоточены на своих повседневных обязанностях, поэтому незначительные недомогания, травмы или повреждения тканей игнорируются как менее существенные по сравнению с нашими текущими задачами. К сожалению, эти небольшие повреждения со временем накапливаются и вызывают серьезное заболевание, которое останавливает нашу жизнь, лишая нас возможности уделять время заботе о благополучии собственного организма. Вероятность повреждения наших систем органов еще более возрастает, когда мы плохо спим в течение длительного времени, потому что именно во время сна эти повреждения устраняются ежедневно, прежде чем они усугубятся и станут непреодолимыми. Представьте, что организм просто продолжает выполнять свои повседневные обязанности, в результате чего ожидается некоторая степень повреждения мышц, почек, печени и других органов, особенно при высоком давлении, без возможности восстановления. Повреждения будут постоянно усугубляться, и тело будет легко изнашиваться, что приведет к сокращению срока службы.

Во время моих телеконсультаций у меня было много пациентов, страдающих *синдромом недостаточного сна*. Поскольку большинство из них работают агентами колл-центров, у которых дежурят ночные смены, а обстановка, в которой они спят в течение дня, также не способствует сну, они испытывают головокружение, головную боль и отсутствие концентрации на работе. Это приводит к снижению производительности труда, невыходу на работу и, в конечном счете, к потере дохода как для компании, так и для сотрудника. То, что человек считает таким непродуктивным на работе, как сон, на самом деле является ключевым фактором повышения производительности. Как же это так?

В головном мозге увеличение интерстициального пространства во время сна способствует выведению нейротоксичных отходов глимфатической системой. Что произойдет, если эти нейротоксины не будут должным образом выведены? Хроническое или длительное недосыпание является одним из факторов риска развития болезни Альцгеймера, прогрессирующего ухудшения жизненно важных функций мозга, таких как память, речь и ориентация. Во время сна кровяное давление в сердце и кровеносных сосудах падает, что ослабляет давление на стенки сердца и кровеносные сосуды. И наоборот, хронический недостаток сна может привести к повышению кровяного давления и вызвать сердечные заболевания. Точно так же во время сна уровень гормона стресса кортизола снижается. При хроническом недосыпании организм чаще подвергается воздействию кортизола, что приводит к повышению уровня сахара в крови и ослаблению иммунной системы, что приводит к сахарному диабету и предрасположенности к различным инфекциям.

По данным Национального управления безопасности дорожного движения США, недостаточный сон также является причиной 100 000 дорожно-транспортных происшествий в год. Было показано, что бодрствование в течение 18 часов эквивалентно уровню алкоголя в крови, равному 0,05, а бодрствование в течение 24 часов - уровню алкоголя в крови, равному 0,10, где уровень 0,08 уже считается законным показателем опьянения. Если вождение в нетрезвом виде считается незаконным и опасным, то, возможно, пришло время ввести наказание за вождение в нетрезвом виде, поскольку оно в равной степени опасно для жизни и имущества.

К сожалению, в наше время сон не ценится и порой считается пустой тратой драгоценного времени, которое можно было бы использовать для работы. В то время как время приравнивается к золоту, а сон подобен бездельному времяпрепровождению, сну уделяется меньше внимания. Требования работы, семьи и учебы часто отнимают у нас несколько часов сна. Однако по мере того, как мы переосмысливаем наше восприятие сна как очень важного элемента нашей повседневной жизни, профилактики заболеваний и долголетия, мы понимаем, что время, которое мы тратим на сон, действительно на вес золота. Мы должны иметь в виду, что, хотя мы не делаем ничего ощутимого для нашей работы в обществе, сон - это чрезвычайно напряженное время для нашего организма, когда он выполняет свою работу за нас.

Желательно, чтобы 7-8 часов восстановительного сна за ночь улучшали память, работу мозга, восстанавливали и, таким образом, уменьшали износ костей и мышц, а также поддерживали кровяное давление и уровень сахара в крови. Также во время сна выделяется гормон роста или соматотропин, который стимулирует рост, размножение и регенерацию клеток. Кроме того, именно во время сна мозг формирует синапсы или связи и осмысливает опыт и знания, полученные во время бодрствования. Таким образом, сон очень важен для обучения, интеграции и укрепления долговременной памяти.

Как мы можем добиться такого восстанавливающего сна? Во-первых, подготовьте свою постель таким образом, чтобы, когда вы войдете в свою комнату, у вас был включен режим отдыха и релаксации. Не привязывайте к своей постели воспоминания о беспокойстве, например, о работе, но сделайте ее своим священным местом для омоложения. Поможет прохладная температура, и лучше всего отказаться от гаджетов за несколько часов до сна, так как синий свет подавляет секрецию мелатонина, гормона, отвечающего за засыпание. Мелатонин также лучше всего вырабатывается при тусклом освещении, поэтому старайтесь имитировать ночь в любое время суток, когда вы собираетесь выспаться, в зависимости от графика вашей смены.

Во-вторых, все дело в ритме, который является фундаментальным как в музыке, так и в природе. Даже растения нуждаются в темной фазе фотосинтеза для производства необходимых нам питательных веществ и даже кислорода. По возможности, ранним утром выходите на солнечный свет и выполняйте физические упражнения по крайней мере за 4-8 часов до сна, но не слишком близко к нему. Старайтесь каждый день засыпать и просыпаться примерно в одно и то же время, рекомендуемая продолжительность - 7-8 часов. Исследования показали, что сон продолжительностью менее 6 часов и более 9 часов в сутки может вызывать метаболический синдром, такой как ожирение, гипертония и сахарный диабет. Дневной сон также может быть восстановительным, но ограничьте его 20 минутами, чтобы не нарушать ночной ритм.

В-третьих, следите за типом и временем приема пищи. Избегайте употребления стимуляторов, таких как кофеин и сигареты во второй половине дня, а также алкоголя в течение 3 часов после сна. Хорошей альтернативой является расслабляющий чай или ромашка. Принимайте достаточное количество жидкости и питательных веществ в начале дня, но откажитесь от поздних перекусов, так как для их полного усвоения нам требуется 4 часа, а мы не хотим отвлекать энергию организма на переваривание пищи вместо восстановления сил. Что касается типа пищи, сократите потребление жиров и углеводов и обеспечьте достаточное потребление белков. Что касается жиров, то омега-3 жирные кислоты, содержащиеся в авокадо, жирной рыбе, грецких орехах и оливковом масле, полезны, а клетчатка, содержащаяся во фруктах, овощах и цельном зерне, способствует более крепкому сну.

Поскольку сон - это быстро обратимое состояние сниженной реактивности, он очень важен для поддержания целостности, восстановления и омоложения мозга и других жизненно важных органов тела. Хронический недостаток сна является фактором риска развития болезни Альцгеймера, сахарного диабета и рака, а также других заболеваний. Для достижения восстановительного сна рекомендуется оставаться активным в течение дня и находиться на солнце в начале дня, а ночью охлаждаться и избегать стимулирующей пищи и окружающей среды, таких как яркий свет и гаджеты, незадолго до сна.

Я еще раз предлагаю вам оценить свой режим сна в течение недели и быть внимательными к тому, как ваше тело реагирует на вашу деятельность и окружающую среду, особенно во время сна. Чаще всего ваше тело сообщает вам о своих предпочтениях и текущем состоянии в виде хорошего самочувствия по сравнению с болью или ощущения бодрости по сравнению с чувством усталости. Поэтому очень важно, чтобы вы уделяли время и внимание тому, чтобы по-настоящему прислушиваться к своему организму и сотрудничать в его поддержании, придерживаясь наилучшего образа жизни для поддержания его оптимального функционирования. Ниже приведена краткая оценка вашего сна за одну неделю, чтобы вы могли иметь представление о том, как проходит ваш ночной ритм.

Мой дневник сна

День	Время начала засыпания	Пора тебе проснуться	Продолжительность сна (как долго?)	Заметки (как вы себя чувствовали, когда проснулись: отдохнувшие, все еще сонные, видели тревожные сны и т.д.)
Понедельник				
Вторник				
Среда				
Четверг				
Пятница				
Суббота				

Воскресенье				

Глава 7. Избегание употребления опасных веществ

"Прежде чем лечить кого-то, спроси его, готов ли он отказаться от того, что делает его больным". – Гиппократ

Наркотик - это любое вещество, отличное от пищи или воды, которое предназначено для приема или введения с целью изменения физического и психического состояния получателя. Например, препарат дигоксин, который получают из растения *Digitalis sp.*, также известного как наперстянка, использовался для усиления сердечного ритма при сердечной недостаточности. Аналогичным образом, широко используемый антибиотик пенициллин с момента его выделения из *Penicillium notatum*, разновидности плесени, спас множество жизней от различных бактериальных инфекций, которые раньше сокращали продолжительность жизни человека. Аналогичным образом, наркотик морфин, который получают из опийного мака *Papaver somniferum*, облегчает сильную боль у людей, страдающих раком и инфарктом миокарда или сердечным приступом.

Хотя наркотики обладают способностью волшебным образом спасать жизни и исцелять от недугов, в настоящее время некоторыми наркотиками злоупотребляют из-за их психоактивного действия. Эти эффекты включают изменение настроения, мыслей, восприятия и поведения, и из-за приятных ощущений, вызываемых наркотиком, у некоторых людей развивается непреодолимое желание употреблять эти вещества, чтобы снова и снова испытывать эти психологические и физические эффекты. Это состояние иначе известно как наркотическая зависимость. Однако по мере того, как они становятся терпимыми к действию препарата в той же дозировке, они принимают его в больших количествах чаще, что сопровождается тягой и неприятными эффектами, которые они испытывают при попытке прекратить прием препарата.

Злоупотребление наркотиками - это употребление химических веществ, которое приводит к физическому, психическому и эмоциональному расстройству человека. Зависимость характеризуется следующими признаками, сжатыми в мнемонической таблице: неспособность удержаться, нарушение поведенческого контроля, бред или повышенная тяга к наркотику, недостаточное осознание значительных проблем в поведении и взаимоотношениях человека и дисфункциональная двигательная реакция. Путь к зависимости проходит по циклу 4С: *жажда, принуждение, потеря контроля и продолжение* употребления, несмотря на последствия. Наркомания - это заболевание мозга, оно изменяет его биологию, структуру и состав; но, как и все другие болезни, *его можно предотвратить и вылечить*.

Наиболее распространенным веществом, которым злоупотребляют, является табак, который содержит 7000 химических веществ, 250 из которых вредны, а 69 канцерогенны не только для курящего человека, но и для окружающих его людей, которые могут вдыхать дым. Он вызывает множество заболеваний и состояний, начиная от рака легких и других видов рака, эмфиземы, преждевременного старения, бесплодия, заболеваний кровеносных сосудов, включая ишемическую болезнь сердца и инсульт, и ослабленной иммунной системы, предрасполагающей к инфекциям. Содержащимся в табаке веществом, вызывающим зависимость, является никотин, который вызывает головные боли, диарею, высокое кровяное давление, возбуждение и неугомонность, тремор, холодный пот, а иногда спутанность сознания и судороги. Подростки, склонные экспериментировать с курением, более восприимчивы к нейротоксическому воздействию никотина, в то время как их мозг все еще развивает исполнительные и нейрокогнитивные функции. Всего лишь 2 мг могут оказывать серьезное нейротоксическое воздействие на детей, даже тех, кто просто пассивно курит, а доза от 0,8 до 13 мг/кг может привести к смерти 50% взрослых.

С другой стороны, по данным Всемирной организации здравоохранения, отказ от курения оказывает поразительное благотворное воздействие. Через 20 минут после прекращения курения частота сердечных сокращений и кровяное давление снижаются; через 12 часов уровень угарного газа в крови падает. После года отказа от курения риск развития ишемической болезни сердца снижается на 50%, а через 5-15 лет риск инсульта может быть таким же, как у некурящего человека. После 10 лет отказа от курения риск развития рака легких снижается на 50%, а также снижается риск развития рака полости рта, горла, пищевода, мочевого пузыря, шейки матки и поджелудочной железы. После 15 лет отказа от курения риск сердечно-сосудистых заболеваний становится таким же, как и у некурящего человека.

Когда поведение, связанное с употреблением психоактивных веществ или наркотиков, становится проблематичным, это называется расстройством, связанным с *употреблением психоактивных веществ*. А такие вещества, принятые в больших количествах или в течение более длительного периода времени, чем предполагалось, есть постоянное желание или безуспешные попытки сократить или контролировать использование, и много времени тратится на деятельность, необходимую для получения и использования препарата движет *жажда*или сильное желание препарата. Повторное употребление может быть сопряжено с физической опасностью и продолжаться, несмотря на осознание того, что оно приводит к повторным физиологическим и психологическим проблемам. Следовательно, повторное употребление приводит к невыполнению основных обязанностей в школе, дома и на работе, пренебрежению общественными, развлекательными и профессиональными мероприятиями и приводит к возникновению серьезных социальных или межличностных проблем.

Другими веществами, которыми обычно злоупотребляют, являются алкоголь и опиоиды. Что касается алкоголя, то мужчинам рекомендуется выпивать не более 2 порций в день, а женщинам - не более 1 порции в день. Более того, это подвергает риску как мужчин, так и женщин: 5 рюмок за 2 часа для мужчин и

4 рюмки для женщин повышают уровень алкоголя до 0,08 мг/дл, что называется *запоем*, а запой более 5 дней в месяц уже является серьезным употреблением алкоголя. Более 100 000 смертей в год связаны с употреблением алкоголя, включая рак головы и шеи, пищевода, печени, толстой и ректальной кишки и молочной железы, не считая случаев смерти от острых заболеваний в результате дорожно-транспортных происшествий, самоубийств и острых отравлений. Каннабис и опиоиды также широко используются при злоупотреблении наркотиками, которые могут привести к смерти в результате передозировки.

Когда мы размышляем на эту тему, я не могу не вспомнить своих пациентов, у которых в палатах была печеночная энцефалопатия. Конечно, когда-то у них были свои радости, успехи, любовь, друзья и семья, но из-за токсического воздействия алкоголя на их печень уровень аммиака в крови резко возрос и ослабил их мозг. Некоторые испытывали неконтролируемое возбуждение, приступы плача и крика и были не в состоянии узнать свою семью и друзей. Было душераздирающе видеть такие сцены, когда сыновья, дочери, друзья или партнеры изнемогали от заботы о человеке, которого они почти не знали.

Хотя влияние наркотической зависимости на силу воли человека довольно велико, ошибочно делать вывод, что зависимый человек плох, безнадежен или должен быть наказан. Необходимо понимать, что наркомания - это сложное заболевание путей вознаграждения, эмоциональных центров и центров памяти мозга, которое также влияет на восприятие и суждения, вызывая со временем глубокие изменения в структуре мозга, проводящих путях и химическом составе. Однако не все надежды потеряны, поскольку существуют поведенческие вмешательства, такие как мотивационное собеседование, медикаментозное лечение, а также системы социальной поддержки с помощью линий связи и учреждений более высокого уровня, которые могут помочь справиться с расстройствами, вызванными употреблением психоактивных веществ. Услуги по поддержке семьи и сообщества в области здравоохранения, духовных, юридических, академических аспектов, обеспечения средств к существованию, отдыха и безопасности являются краеугольными камнями процесса исцеления, а также последующего ухода за исцеленными людьми и их реинтеграции в общество.

Первоначальный выбор между добром и злом всегда в наших руках, и решение одного человека может повлиять на него самого и общество благотворно или вредно. Выбор за нами: пробовать опасные вещества или нет, зная, что они способны ослабить способность мозга к контролю, и бросать или нет, зная, что после отказа от них есть надежда на выздоровление человеческого организма.

В качестве упражнения после главы ниже приведен пример ежегодного скрининга, разработанного SBIRT в штате Орегон, который является полезным инструментом для оценки себя в отношении употребления психоактивных веществ и алкоголя за прошедший год.

Annual questionnaire

Once a year, all our patients are asked to complete this form because drug and alcohol use can affect your health as well as medications you may take.
Please help us provide you with the best medical care by answering the questions below.

Patient name: _____

Date of birth: _____

Are you currently in recovery for alcohol or substance use?   ☐ Yes   ☐ No

Alcohol: One drink =   12 oz. beer   5 oz. wine   1.5 oz. liquor (one shot)

	None	1 or more
MEN: How many times in the past year have you had 5 or more drinks in a day?	○	○
WOMEN: How many times in the past year have you had 4 or more drinks in a day?	○	○

Drugs: Recreational drugs include methamphetamines (speed, crystal), cannabis (marijuana, pot), inhalants (paint thinner, aerosol, glue), tranquilizers (Valium), barbiturates, cocaine, ecstasy, hallucinogens (LSD, mushrooms), or narcotics (heroin).

	None	1 or more
How many times in the past year have you used a recreational drug or used a prescription medication for nonmedical reasons?	○	○

http://www.sbirtoregon.org/resources/annual_forms/Annual%20-%20English.pdf

Глава 8. Управление стрессом

- Если у тебя плохое настроение, сходи погуляй. Если вы все еще в плохом настроении, прогуляйтесь еще раз". - Гиппократ

Стресс - это любой раздражитель, который угрожает нарушить статус-кво или гомеостаз человека и вызывает реакцию организма на попытку восстановить этот статус-кво. Стимул называется стрессором, который вызывает адаптивные реакции. Например, когда ваш дом охвачен пожаром, вы хотели бы вернуться в безопасное место. Ваши гормоны стресса вырабатываются и высвобождаются, ускоряя обмен веществ для выработки большего количества энергии, которая направляется в мозг и скелетные мышцы, в то время как сердце работает быстрее и сильнее, а кровяное давление повышается, что способствует быстрому распределению этой энергии. Активизируются иммунные клетки, которые защищают от инфекций и травм и способствуют заживлению, в то время как размножение, пищеварение и рост приостанавливаются. Твой мозг быстро соображает, ты можешь таскать тяжести, ты можешь так быстро бегать и ты можешь спастись от огня.

Кратковременные острые стрессовые ситуации на самом деле полезны и стимулируют иммунную систему и здоровье человека в целом, особенно если организм возвращается к своему прежнему расслабленному состоянию после преодоления стресса. Однако длительное воздействие стресса может привести к *перенапряжению* или изменению механики организма и обмена веществ в состояние, которое должно адаптироваться к этому стрессу и противодействовать ему. Это приводит к затвердению артерий, хроническому повышению уровня сахара в крови и ограничению кровоснабжения органов, не участвующих в борьбе или бегстве, что пагубно сказывается на общем состоянии здоровья.

Кроме того, существует тенденция демонстрировать определенный паттерн стрессовой реакции на различные стрессовые факторы - черта, называемая *стереотипией*. Представьте себе такую же реакцию организма на стресс, когда ящерица внезапно попадает в ваш ноутбук во время набора текста, когда привлекательный коллега по работе пытается сблизиться с вашим партнером, когда приближается срок оплаты ваших счетов или во время вашего выпускного экзамена. Именно хронический или длительный стресс ослабляет иммунную систему и вызывает повреждение стенок кровеносных сосудов при воздействии повышенного кровяного давления в качестве реакции на стресс. Продолжающееся повреждение кровеносных сосудов затем поражает и повреждает различные органы организма, такие как мозг, почки и сердце, что в конечном итоге может привести к их отказу и потере функции. Поскольку стресс также ослабляет вегетативные функции, может наблюдаться снижение либидо, пищеварения, роста и репродукции.

Что еще хуже, так это когда стрессовые факторы уже влияют на психическое здоровье, вызывая депрессию и тревогу. При депрессии уже присутствует чувство безнадежности и незаинтересованности, в то время как при тревоге присутствует всепроникающий страх перед неизвестным. Бесчисленное количество жизней было унесено из-за этой безнадежности и всепроникающего страха, когда человек решает покончить со всем, даже со своей жизнью. 14,3%, или 8 миллионов смертей в год, во всем мире связаны с психическими расстройствами. Сравните это с долгожителями Голубых зон, которые продолжают вносить свой вклад в развитие общества и с удовольствием наблюдают, как следующее поколение их потомков живет своей собственной историей. Они оба подвержены различным стрессовым факторам, но одна группа людей выбирает усыновление и жизнь, в то время как другая группа людей предпочитает потерять надежду и умереть.

Хорошей новостью является то, что со стрессом можно справиться множеством способов. Энергию стресса можно направить на полезные занятия. Многие известные художники создавали свои шедевры в период своих самых тяжких горестей. У каждого человека есть свой собственный уникальный дар, талант и интересы, на которые он может излить свои эмоции вместо того, чтобы размышлять и прибегать к саморазрушительным мерам. *Осознанность*, проявляющаяся в наслаждении переживаниями настоящего момента, такими как вкус еды, дуновение прохладного ветерка, красота восхода или заката, звуки музыки, смех детей или мягкость ваших простыней, может сместить акцент с негативных эмоций на удовлетворение и даже гормональная и нервная среда - от гормонов стресса до нейромедиаторов хорошего самочувствия.

Медитация - еще один проверенный способ укротить ум. Это активный способ успокоить навязчивые мысли в мозге, и в нескольких исследованиях было показано, что он снижает реактивность на стрессовые раздражители, улучшает когнитивные функции и предотвращает нейродегенерацию. Существует много способов медитации; ее можно выполнять с открытыми или закрытыми глазами, с фоновой музыкой или без нее. Первый шаг - медленно вдохнуть и выдохнуть в течение трех вдохов-выдохов. Цель этого состоит в том, чтобы снизить волновую активность мозга с бета-волны (12-30 Гц) во время бодрствования и боевой готовности до альфа-волны (8-12 Гц) и тета-волны (3-8 Гц). Это похоже на то, как сон благотворно влияет на здоровье мозга, в то же время оставаясь бодрствующим. Вы можете закрыть глаза и сосредоточиться, или открыть глаза и сфокусироваться на каком-либо объекте, например, на кончике карандаша или картине. Если в вашем сознании возникают навязчивые мысли, просто позвольте им рассеяться, как облакам, без осуждения, без ненависти, без удивления, без привязанности. Оставайтесь сосредоточенными на своем объекте. Делайте это в течение 5 минут утром и вечером, чтобы перезагрузить свой мозг и добиться успокаивающих и нейропротекторных эффектов медитации.

Доказано, что физические упражнения предотвращают и лечат депрессию, повышают настроение и самооценку, улучшают когнитивные способности и снижают риск нейродегенеративных заболеваний. Что касается питания, то продукты с низким гликемическим индексом, такие как сложные углеводы, могут оказывать умеренное, но длительное воздействие на химический состав мозга, в отличие от сладостей, которые приносят немедленное, но временное облегчение. Омега-3 жирные кислоты, витамин в12, фолиевая кислота, кальций, железо и цинк также оказывают благотворное влияние на психическое здоровье и профилактику нейродегенеративных заболеваний. Сон также может влиять на настроение, что проявляется в раздражительности, умственном истощении и подверженности стрессу у людей, страдающих недосыпанием, которые сообщают о значительном улучшении настроения после восстановления ритма сна.

Библиотерапия - это использование книг для облегчения выздоровления пациентов, страдающих психическими заболеваниями. Если это так действует на психически больных пациентов, то тем более на нормальных людей, которые также проходят аналогичные испытания с персонажами книг, с которыми они могут быть знакомы. Это может проложить путь к психологическому катарсису, когда человек не может выразить свое разочарование внешне, он может отождествить себя с персонажем и дать представление о своей ситуации и возможных решениях. Светотерапия - это еще один метод лечения, при котором воздействие утреннего света в течение как минимум 3-4 дней в неделю борется с последствиями сезонного аффективного расстройства (САД) или перепадами настроения, вызванными сменой времен года.

Ценность позитивных взаимоотношений и социальной поддержки невозможно переоценить. Забота, любовь, уважение и открытое общение с семьей и друзьями могут помочь человеку преодолеть любые проблемы, стресс или невзгоды, с которыми он может столкнуться. Было доказано, что люди, имеющие надежную систему поддержки, защищены от проблем с психическим здоровьем, таких как депрессия. Как показано на рисунках "Синих зон", дружная семья или сообщество полезны для всех возрастных групп: пожилые люди имеют постоянное чувство цели, направляя и поддерживая молодое поколение, а молодежь получает понимание, мудрость и заботу от старших поколений.

Ниже приведен пример шкалы восприятия стресса, разработанной Коэном, Мамаршем и Мемельштейном в 1983 году, для оценки степени, в которой люди считают свои жизненные ситуации стрессовыми. Я предлагаю вам оценить себя, причем более высокие баллы указывают на более высокий уровень воспринимаемого стресса. Это всего лишь трамплин для осознания вашего уровня стресса. Ваша реакция на этот стресс тем более важна, что она не приводит к психическому и физическому перенапряжению, которое может нанести вред вашему благополучию; напротив, она способствует здоровым реакциям, жизнестойкости и большей способности к адаптации.

Perceived Stress Scale (PSS-10)

Instructions:

The questions in this scale ask you about your feelings and thoughts during the last month. In each case, you will be asked to indicate how often you felt or thought a certain way.

In the last month, how often have you...

		Never	Almost Never	Sometimes	Fairly Often	Very Often
1	been upset because of something that happened unexpectedly?	0	1	2	3	4
2	felt that you were unable to control the important things in your life?	0	1	2	3	4
3	felt nervous and "stressed"?	0	1	2	3	4
4	felt confident about your ability to handle your personal problems?	4	3	2	1	0
5	felt that things were going your way?	4	3	2	1	0
6	found that you could not cope with all the things that you had to do?	0	1	2	3	4
7	been able to control irritations in your life?	4	3	2	1	0
8	felt that you were on top of things?	4	3	2	1	0
9	been angered because of things that were outside of your control?	0	1	2	3	4
10	felt difficulties were piling up so high that you could not overcome them?	0	1	2	3	4

На этом этапе я предлагаю вам поразмыслить над следующим:

1. Как ты себя сегодня чувствуешь?

2. Каковы ваши факторы стресса?

3. Вы уверены, что сможете справиться со своим стрессом?

4. Какие инструменты вы можете использовать для эффективного управления своим стрессом?

5. Как вы можете предотвратить депрессию и беспокойство?

Глава 9. Позитивная психология

"Легкое сердце живет долго" - Шекспир.

В этой главе рассматривается последний, но, вероятно, лучший элемент медицины образа жизни. Если и есть какие-то изменения в поведении, которые, как я надеюсь, найдут отклик в жизни читателей после прочтения этой книги, так это то, что мы сможем преуспевать в своей жизни и достичь счастья, удовлетворенности и долголетия.

Позитивная психология занимается наукой о функционировании и процветании человека на многих уровнях: от биологического, личностного, межличностного, институционального, культурного до глобальных аспектов жизни (Селигман М. и Чиксентмихайи М., 2000). В нем подчеркиваются сильные стороны и добродетели, которые позволяют процветать отдельным людям, а также сообществам, культурам и организациям, вместо того чтобы зацикливаться на проблемах, слабостях, обязательствах и дисфункциях. Как таковая, она была созвучна физическому, эмоциональному и социальному благополучию и ассоциировалась с поведением, ведущим к здоровью и долголетию. В исследовании, проведенном Кански и Динером в 2017 году, они показали, что более счастливые люди, как правило, занимаются спортом, пристегиваются ремнями безопасности, едят здоровую и питательную пищу и избегают рискованного употребления алкоголя и курения. Такое здоровое поведение, в свою очередь, повышает счастье, самооценку и позитивный эффект, а также запускает восходящую спираль здорового образа жизни и счастья.

Что на самом деле такое счастье? В человеческой психике заложено стремление чувствовать себя хорошо, и большинство, если не вся наша деятельность направлена на то, чтобы вызывать чувство удовольствия и радости. Одно из итальянских слов, обозначающих *"счастливый"*, - *"contento"*, что отражает неотъемлемую природу счастья. Хотя материальные вещи, имущество или события могут вызывать краткие моменты душевного подъема, счастье приходит изнутри. Аристотель исследовал два способа переживания счастья в своих трактатах "*Никомахова этика*" и "*Эвдемова этика*". В *гедонии* счастье - это максимизация удовольствия за счет приоритета приятных переживаний. С другой стороны, по его словам, существует форма счастья, которая достигается самореализацией и жизнью в соответствии со своими добродетелями и приводит к долгосрочному процветанию. Это называется *эвдемонией (еи* - истинный, *daemon* - меньший бог*)*, последовательной деятельностью или образом жизни, направленными на развитие лучшей версии самих себя, максимизацию своего потенциала и стремление к совершенству.

Американский психолог и педагог Мартин Селигман разработал концепцию счастья и благополучия под названием "Постоянная модель", которая состоит из:

Позитивные эмоции

Управление

позитивные взаимоотношения

Размышляя, и

Завершение

Положительные эмоции включают в себя способность чувствовать себя хорошо, счастливо и с оптимизмом смотреть на конечный исход событий, несмотря на трудности. **Вовлеченность**, сродни состоянию *"потока"*, заключается в том, что человек полностью поглощен в данный момент занятием, которое ему нравится, таким как танцы, рисование, решение математической задачи или головоломки, конструирование, хирургия или игра на музыкальном инструменте, так что время, кажется, летит незаметно. Глубокие и значимые **отношения** обеспечивают поддержку в трудные времена и удовлетворяют врожденную потребность человека в общении. **Осмысленное**, или *целенаправленное существование* использует свои сильные стороны для достижения цели, превосходящей его самого, такой как забота о семье, служение человечеству или поклонение Творцу. Наконец, **достижение,** или чувство выполненного долга, - это работа над чем-то, чего можно ожидать с нетерпением, что может вызвать чувство гордости и самореализации.

В ходе Гарвардского исследования развития взрослых, которое началось в 1938 году и продолжается до сих пор, они обнаружили, что единственным наиболее важным фактором, связанным со счастьем, здоровьем и долголетием, являются ***позитивные социальные связи***. При повседневном совместном позитивном опыте, таком как совместный смех, положительный ответ друга или партнера, активизируется парасимпатическая нервная система, повышается уровень окситоцина и увеличивается вариабельность сердечного ритма, что противодействует воздействию стресса и симпатической нервной системы. Также было доказано, что позитивные отношения связаны с более быстрым выздоровлением от болезни, повышением когнитивных способностей, психическим здоровьем и процветанием.

На этом этапе я предлагаю вам оценить себя в соответствии с НЕИЗМЕННОЙ моделью счастья и благополучия. Здесь нет правильных или неправильных, хороших или плохих ответов, так как это будет основой для ваших планов, которые вы создадите позже; таким образом, будет полезно, если вы поставите дату. Что здесь важно, так это прогресс, который вы ощущаете, периодически возвращаясь к этой, а также к другим самооценкам в своем образе жизни и стремлении к долголетию.

ПОСТОЯННАЯ	Вопросы	ваш ответ
Положительные эмоции	Чувствуете ли вы, что ваша жизнь в целом складывается	😊 🤔 ☹️

		удачно?		
Помолвка		*Чувствуете ли вы такой восторг от того, что делаете, что иногда кажется, что вы теряете счет времени?*		
Отношения		*Чувствуете ли вы поддержку и удовлетворение в своих отношениях?*		
Значение		*Чувствуете ли вы, что каждый день выполняете миссию, которая присуща только вам?*		
Выполнение		*Способны ли вы достигать того, что намеревались делать каждый день?*		

Счастье можно рассматривать как придаток человека, подобный мышце или мозгу, который растет по мере того, как его используют и тренируют. Итак, как же мы проявляем счастье? Должны ли мы заставлять себя чувствовать себя счастливыми, даже если нам скучно, или если мы ранены? Вероятно, нет, потому что счастье, если его правильно культивировать, само собой проистекает из сердца. Однако мы можем испытывать счастье, взращивая в себе благодарность. В конце каждого дня записывайте по крайней мере три вещи, которые вас очень радовали в течение дня. Мое обычно включает в себя утреннее солнце и кофе, пациентов, с которыми я общался и которых лечил каждый день, моих детей, которых я благополучно доставлял в школу и из нее, которые также счастливы, вдохновлены, довольны и защищены, потому что у них есть мама, и наблюдение за закатом в моем кресле-качалке в саду, пока я провожу время. читаю свое видение жизни.

Можете ли вы написать от 5 до 10 вещей, относящихся к любому аспекту вашей жизни или к вам самим, которые вас радуют? Практикуйте это упражнение по 15 минут каждый вечер перед сном в течение как минимум месяца и оцените, насколько легче становится быть счастливым и *"довольствоваться"* простыми радостями жизни.

Это сделало меня счастливой сегодня:
❖ _____
❖ _____
❖ _____
❖ _____
❖ _____
❖ _____
❖ _____
❖ _____

❖ _____

❖ _____

Еще одним важным аспектом счастья и процветания является НАДЕЖДА, которая представляет собой оптимистичное состояние ума, основанное на ожидании положительных результатов. Рассмотрим двух людей, страдающих ожирением, Мару и Фейт, с одинаковой массой тела, индексом массы тела, системой социальной поддержки и возможностями. По шкале от 1 до 10 у Мары 0 шансов вернуться в форму, в то время как у Фейт 10. Кто будет больше тренироваться, меньше есть и искать другие способы достижения цели? В шкале надежды для взрослых, разработанной Риком Снайдером в 1991 году, надежда подразделяется на силу воли (agency), которая является вашей внутренней способностью или мотивацией (*я могу*), и силу воли (pathway), которая отвечает за вашу социальную поддержку и средства достижения ваших целей. Давайте выполним простое упражнение: представьте себе одну из своих целей и, чтобы упростить шкалу, как бы вы оценили себя по шкале от 1 до 10 с точки зрения силы воли и целеустремленности?

СИЛА ВОЛИ 10 9 8 7 6 5 4 3 2 1 0

ПУТЕВАЯ СИЛА 10 9 8 7 6 5 4 3 2 1 0

После размышлений о том, за что вы чувствуете себя благословенным в жизни, о ваших надеждах на успех и планах на будущее, я предлагаю вам составить план процветания на год в соответствии с элементами модели PERMA. Ниже приведен пример:

Положительные эмоции	*Я буду продолжать греться на теплом солнышке каждое утро, любоваться закатом днем, с надеждой и благодарностью пересматривая свои планы.* *Я буду продолжать любить и делиться добрыми пожеланиями со всеми, кого встречу.* *Я буду продолжать слушать бодрящую и успокаивающую музыку.*
Помолвка	*Я буду больше заниматься тем, что делает меня счастливым, например, рисовать, писать стихи и танцевать.*
Отношение	*Я буду слушать, понимать и проводить больше времени со своими детьми.*
Значение	*Я буду относиться к своим пациентам с максимальной заботой, профессионализмом и уважением.*
Выполнение	*Я закончу эту книгу и продолжу писать книги, которые принесут пользу читателям.*

Мой Успешный план

	Статус	Мой план
Положительные эмоции	Launched	

	Статус	Мой план
Помолвка	In progress	
Отношение	Launched	
Значение	In progress	
Выполнение	Not started	

Глава 10 - Заключение

"Мудрый человек должен понимать, что здоровье - это его самое ценное достояние". ~ Гиппократ

Действительно, забота о своем здоровье - это ответственность каждого человека перед самим собой и обществом. Здоровье, по определению Всемирной организации здравоохранения, - это не просто отсутствие болезней или недугов, а состояние полного физического, психического и социального благополучия. В то время как человек в некоторой степени одержал победу над инфекционными угрозами здоровью с помощью вакцинации и противомикробных препаратов, теперь угроза перешла к его собственному стрессовому, но малоподвижному образу жизни, который подвергается бомбардировке опасными химическими веществами из продуктов высокой степени переработки и веществ, вызывающих зависимость, таких как табак, алкоголь и другие наркотики. С тех пор современное общество страдает от хронических заболеваний, таких как рак, ишемическая болезнь сердца, инсульт и сахарный диабет, которые не только сокращают продолжительность жизни, но и причиняют страдания и снижают качество человеческой жизни. Напротив, есть избранные культуры, например, в Голубых зонах, чей образ жизни способствует долголетию и продуктивности даже на закате жизни благодаря здоровому образу жизни, который они искусно вплетают в свою повседневную жизнь.

В чем же теперь секрет долголетия? Никаких причудливых химикатов, никаких магических движений, никаких мантр. Древние люди знали это лучше, чем мы. Это просто ежедневная жизнь с достаточным количеством сна, воды, питания, физической активности и социального взаимодействия. Это скорее вычитание, чем добавление какого-либо необычного ингредиента. Это отказ от опасных веществ, таких как табак и алкоголь, трансжиры, продукты высокой степени переработки, простые сахара, длительный стресс, отсутствие физической активности или малоподвижный образ жизни.

В фильме "Кунг-фу Панда" была сцена, когда По спрашивал мистера Пинга, какой секретный ингредиент в их супе с лапшой "Секретный ингредиент"... и секретным ингредиентом оказался пустяк! Когда По наконец заполучил свиток Дракона, который должен был дать ему абсолютную силу, он нашел только свое отражение. Что же тогда придаст нам максимальную силу? Это выбор, который мы делаем каждый день: переезжать или не переезжать, есть цельные продукты, растительную пищу или мясные полуфабрикаты в банках, высыпаться или сжигать жир на ночь, чтобы уложиться в срок, иметь значимые отношения или нет, иметь цель или бесцельно плыть по течению, курить или нет. В конце концов, Свиток Дракона - это именно тот выбор, с которым мы сталкиваемся каждый день, и главная сила по-прежнему в нас самих.

6 основных принципов медицины образа жизни были тщательно изучены и доказали свою эффективность в профилактике, лечении и смягчении таких заболеваний, связанных с образом жизни, как сердечный приступ, инсульт, сахарный диабет и рак, которые в настоящее время являются ведущими причинами смерти. Первый столп - это цельнопищевая диета на растительной основе, которая обеспечивает организм витаминами, минералами и клетчаткой, необходимыми организму, при минимальном количестве калорий и жиров, и должна потребляться осознанно в течение ограниченного промежутка времени в течение дня. Второй компонент - это в среднем от 150 до 300 минут умеренной физической активности в неделю или от 75 до 150 минут интенсивных физических нагрузок в неделю, которые повышают нашу физическую, сердечно-сосудистую, мышечную и умственную подготовку, позволяя нам заниматься повседневными делами, хобби и увлечениями без чрезмерной усталости. Третий столп - это в среднем 7-8 часов восстановительного сна в день, который омолаживает мозг, изношенные мышцы и другие ткани

и системы органов. Четвертый столп - отказ от опасных веществ, таких как табак, алкоголь и другие вызывающие зависимость наркотики, которые ослабляют силу воли, воздействуя на механизмы вознаграждения и изменяя нейробиологию и структуру мозга, так что тяга и зависимость в конечном итоге приводят к опасным действиям и пренебрежению личными и социальными обязанностями. Пятый столп - это управление стрессом, который неизбежен в повседневной жизни, но организм можно настроить таким образом, чтобы он не подвергался стрессовому напряжению, с помощью таких мероприятий, как медитация, осознанность, физическая активность, библиотерапия, светотерапия и отдых. И последний, но не менее важный элемент - это взаимосвязанность и позитивная психология, которые опираются на сильные стороны, которые помогают каждому человеку или обществу процветать благодаря положительным эмоциям, вовлеченности в деятельность, которая приводит к состоянию потока, позитивным отношениям, значению или целеустремленности и достижению поставленных целей.

Независимо от того, насколько благонамеренными являются намерения и программа здорового образа жизни, следует также учитывать нашу индивидуальную готовность к переменам. Стадии изменения поведения, описанные в Транстеоретической модели, включают *предварительное размышление*, при котором человек еще не осознает необходимости изменений и не желает подвергаться каким-либо изменениям. Следующая стадия - это *размышление*, на котором он теперь осознает и открыт для возможности перемен, но все еще взвешивает все "за" и "против", а также "как" и "почему" перемен. За этим следует *подготовительный* этап, на котором человек делает первые шаги к изменению поведения. Следующим этапом является этап *действия*, на котором человек меняет свое поведение в течение 6 месяцев. Далее следует этап технического *обслуживания*, на котором изменение поведения сохраняется не менее 6 месяцев. Наконец, на *стадии прекращения* действия препарата в организм человека внедряется такое поведение, при котором практически исключается возможность возврата к прежнему нездоровому образу жизни. Каждый человек может находиться на любом из этих этапов в начале программы и прогрессировать в разном темпе.

На этом этапе я предлагаю вам заполнить приведенную ниже таблицу и еще раз оценить свою готовность, а также уровень важности и уверенности, которые вы придаете каждому из шести столпов медицины образа жизни, и составить соответствующий план. Помните, что РАЗУМНЫЙ план должен быть конкретным, измеримым, достижимым, реалистичным и ограниченным по времени. Повторю, что этапы изменения поведения - это предварительное обдумывание (я не буду), обдумывание (я могу), подготовка (я могу), действие (я есть), поддержание (я все еще есть) и завершение (я всегда есть). Уровень важности и уверенности, присвоенный каждому элементу, измеряется независимо: от 1 - как неважный или неуверенный, до 10 - как предельно важный и предельно уверенный. Наконец, шесть столпов медицины образа жизни - это цельнопищевое растительное питание, физическая активность, восстанавливающий сон, управление стрессом, позитивная психология и чувство взаимосвязанности.

	Мой УМНЫЙ план	Моя сцена	Уровень важности	Уровень доверия
Цельнопищевая диета на растительной основе				

Физическая активность				
Восстанавливающий сон				
Избегание употребления опасных веществ				
Управление стрессом				
Позитивная психология и взаимосвязанность				

Каждый день ведите дневник привычек, где вы можете отмечать и получать напоминания о привычках здорового образа жизни, которые вы хотели бы привить себе. Помните, что на формирование привычки уходит 21 день, а на формирование образа жизни - 21 месяц, поэтому будьте терпеливы к себе. Ведите здоровый образ жизни и желаем вам долгой, осмысленной, здоровой и счастливой жизни!

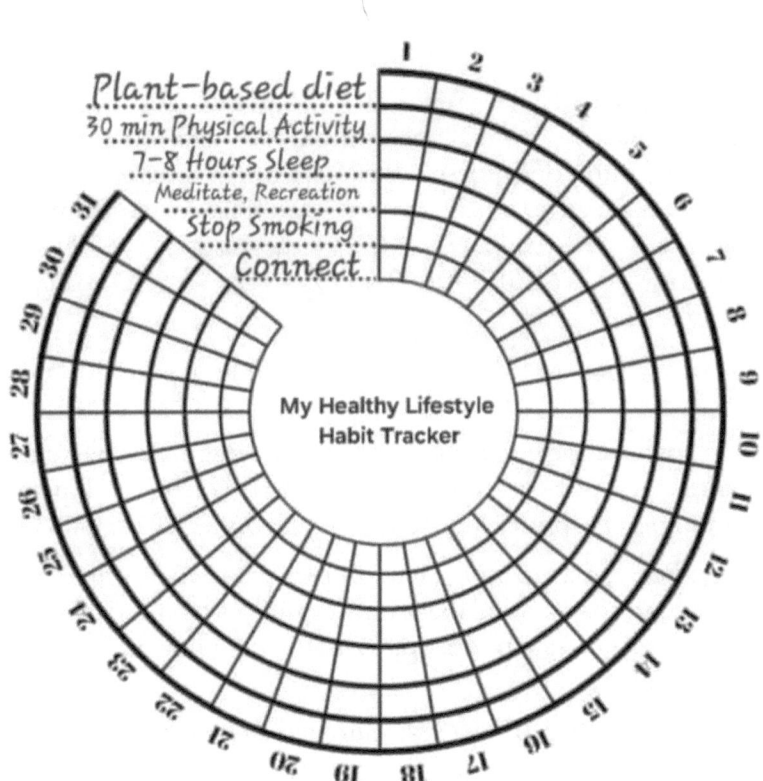

Рекомендации:

Камиллери М. Кишечная непроходимость: механизмы, измерение и клинические последствия у людей. Август 2019 года;68(8):1516-1526. doi: 10.1136/gutjnl-2019-318427. Epub, 10 мая 2019 года. PMID: 31076401; PMCID: PMC6790068.

Кольдиц Г., Хэнкинсон С. Исследование здоровья медсестер: образ жизни и здоровье женщин. Nat Rev Рак, 5, 388-396 (2005). https://doi.org/10.1038/nrc1608.

Де Лорджерил М., Сален П., Мартин Дж.-Л. и др. Средиземноморская диета, традиционные факторы риска и частота сердечно-сосудистых осложнений после инфаркта миокарда (заключительный отчет Лионского диетического исследования сердца). 16 февраля 1999 г. https://doi.org/10.1161/01.CIR.99.6.779. Циркуляция. 1999;99:779–785.

Хашемзаде М, Рахими А, Заре-Фарашбанди Ф, Алави-Наейни А.М.,

Даэй А. Транстеоретическая модель изменения поведения в отношении здоровья: систематический обзор. Иранское руководство по сестринскому делу и акушерству, 2019; 24:83-90.

Эрнандес, Розальба и др. Психологическое благополучие и физическое здоровье: взаимосвязи, механизмы и направления на будущее. Эмоциональный обзор, том 10, № 1 (январь 2018) 18-29 ISSN 1754-0739

DOI: 10.1177/1754073917697824. journals.sagepub.com/home/er .

https://foodrevolution.org/blog/eating-the-rainbow-health-benefits/. Дата обращения: 27 июня 2024 года.

https://www.midlandhealth.org/Uploads/Public/Images/Slideshows/Banners/6%20Pillars%20-%20LMC.jpg . Дата обращения: 27 июня 2024 года.

Махмуд СС, Леви Д., Васан Р.С., Ванг Т.Дж. Фрамингемское исследование сердца и эпидемиология сердечно-сосудистых заболеваний: историческая перспектива. Журнал Lancet. 15 марта 2014;383(9921):999-1008. doi: 10.1016/S0140-6736(13)61752-3. Epub, 29 сентября 2013 года. PMID: 24084292; PMCID: PMC4159698.

О'Доннелл М.Дж., Чин С.Л., Рангараджан С. и др. Глобальное и региональное воздействие потенциально модифицируемых факторов риска, связанных с острым инсультом, в 32 странах (ИНТЕРИНСУЛЬТ): исследование "случай-контроль". Ланцет. 2016; 388: 761-765.

Орлич М.Дж., Сингх П.Н., Сабате Дж. и др. Вегетарианский рацион питания и смертность в адвентистском исследовании здоровья 2. Международный медицинский центр JAMA. 2013;173(13):1230-1238. doi:10.1001/jamainternmed.2013.6473.

Орниш Д., Шервиц Л.В., Биллингс Дж. X. и др. Интенсивное изменение образа жизни для лечения ишемической болезни сердца. JAMA. 1998;280(23):2001-2007. doi:10.1001/jama.280.23.2001

Филиппинский колледж медицины образа жизни. Курс повышения квалификации по медицине образа жизни 2023 года. https://www.pclm-inc.org/lifestyle-medicine-competency-course-overview.html.

Исследовательская группа Программы профилактики диабета (DPP); Программа профилактики диабета (DPP): Описание мер по изменению образа жизни. Лечение сахарного диабета, 1 декабря 2002 г.; 25 (12): 2165-2171. https://doi.org/10.2337/diacare.25.12.2165

Урибарри Дж., Вудрафф С., Гудман С., Цай У., Чен Х., Пызик Р., Йонг А., Страйкер Г.Е., Влассара Х. Конечные продукты повышенного гликирования в пищевых продуктах и практическое руководство по их уменьшению в рационе. Jam Diet Assoc. Июнь 2010;110(6):911-16.e12. doi: 10.1016/j.jada.2010.03.018. PMID: 20497781; PMCID: PMC3704564.

Всемирная организация здравоохранения. Инструментарий для проведения кратких мероприятий 5А и 5R по борьбе с табакокурением в рамках первичной медико-санитарной помощи. 2014. https://www.who.int/publications/i/item/9789241506946.

Да, БИ, я из Конга. Появление медицины образа жизни. J Lifestyle Med., март 2013;3(1):1-8. Epub, 31 марта 2013 года. PMID: 26064831; PMCID: PMC4390753.

Юсуф, С. и др. Влияние потенциально изменяемых факторов риска, связанных с инфарктом миокарда, в 52 странах (исследование INTERHEART): исследование "случай-контроль". 3 сентября 2004 года http://image.thelancet.com/extras/04art8001web.pdf.

Об авторе

Родезия

Родезия - филиппинский врач, писатель, художник, бывший профессор медицинской биохимии и поэт. Ее писательская деятельность отошла на второй план, в то время как она почти два десятилетия проработала врачом в отделении неотложной помощи. Позже она внесла свой вклад в создание Медицинского колледжа в качестве секретаря-основателя колледжа и доцента кафедры медицинской биохимии. Во время пандемии COVID-19 она помогала разрабатывать и внедрять протоколы тестирования, изоляции и ведения пациентов в частной компании. Будучи главным врачом, она возродила родильный дом, чтобы защитить будущих матерей и новорожденных от коронавируса. В настоящее время она посвятила себя тому, чтобы быть любящей матерью двоих детей, и помогает другим людям с помощью телеконсультаций, одновременно возрождая свою страсть к писательству. Она является членом Филиппинского колледжа медицины образа жизни и Филиппинского общества гипертоников, а также дипломатом Филиппинского колледжа академических биохимиков.

www.ingramcontent.com/pod-product-compliance
Lightning Source LLC
LaVergne TN
LVHW041542070526
838199LV00046B/1805